悪意なき殺人

竹川新樹
Takekawa Araki

文芸社

悪意なき殺人 ——◇目次

1 社長室の変

■ 悪意なき殺人 ■

家政婦の井上道子は、夕食の片付けを済ませたあと、友達の誕生日祝いの買い物に行くため、奥様の本間由利の許しを得て外出をした。

道子が家政婦をしている本間家というのは、代々この地、埼玉県の北浦和で名主《なぬし》をしていて、絶大な勢力があり、現在も広い土地を持っている。

由利の曾祖父、本間庄三は、この地方の特産であった絹織物を企業として成り立たせようと考えた。そして、町の中に大きな森があるのかと思わせる本間家の敷地の中に、工場を建設し、会社を興した。

やがて時代の変化によって、被服は絹織物の着物から綿や化繊のメリヤス編みの洋服へと変わっていく。本間家の代も庄三、真一、雄一と代わったが、現在は雄一の長女由利が、久雄という婿を迎えて、変わらずに絹織物を町の伝統産業として守っていた。が、久雄はそれが歯がゆくてならず、別の産業で会社を盛り立てていけないかと模索していた。久雄は本間家の持っている土地や山林で不動産業を始めたいとも秘かに計画をしていた。

道子は、買い物に少し時間を取りすぎたことを気にしながら、本間家の正門近くまで帰ってきた。昼間でも薄暗い正門から、五〇メートルほど歩いて正面玄関あたりまで来た時に突然、黒塗りの乗用車が暗い私道を走り抜けていった。道子は端に避けてその車を見送った。乗用車の中は明かりを落としていて暗く、誰が乗っているのかはわからなかった。こんな時刻に来客とは……と、道子は首を傾げた。

正面の大きな門は街燈の明かりの中にどっしりと建っている。そして来客時に使用する第一玄関は、木々の中に沈んで本間家の大きさを表している。

道子は家族や使用人が使う第二玄関から入って居間に向かった。

社長室を兼ねている応接間に明かりが灯っている。客が帰り、社長や家族も自分たちの部屋に引き取っているだろうと思ったが、明かりを消し忘れたのかも知れないと社長室を覗いてみた。そこで道子は、事務机にうつ伏せになっている社長の久雄を見た。道子は久雄がうたた寝でもしているのだろうと思い、ドアの外から、

「ただいま帰りました。遅くなりました」

と声をかけ、机に近寄った。しかし、久雄は寝ているにしては寝息も聞こえてこないし、身体もだらりと伸びきっているようだ。道子は久雄の背に手を掛けようとして、慌ててその手を引っ込めた。そして恐る恐る顔を覗く。久雄は寝ているのではなかった。

道子は飛び退って大声を上げた。

「ああっ、誰かいませんか！　奥様、由利さん！」

奥の部屋から由利と、由利の弟の高良が社長室にやってきた。そして部屋の中で固まったようになっている道子を見つけた。

「あら、道子さんお帰り。どうしたの？」

由利の問いかけに道子は何も言えず、ただ机の方を指さした。そして、

「しゃ、社長が……」

と、ようやく小さな声を上げた。

状況が掴めない由利は、改めて部屋の中を見回した。机には夫の久雄が伏している。

「あなた、どうしたんですか？　こんなところでうたた寝などなさって」

由利と高良は久雄に近づいた。

高良が久雄の顔を覗いて見ていたが、ふいに首を振った。

「どうしたの?」

「救急車を呼ぼう。息をしていないようだから」

高良がポケットに入れていた携帯電話で一一九番に連絡すると、やがてサイレンが響いて救急車が第一玄関の前に到着した。そして近くの交番からは警察官が二人駆けつけた。

警察官は机に伏している久雄を見ると、すぐに本部に連絡を取った。

「皆さんにお話をうかがいたいので、ここではなんですから、別の部屋で」

警察官に促され、由利、高良、道子は居間に移動した。

道子は社長室から移動する時、自分の持ち場である台所が気になった。居間に続いている台所の食器棚を見て、なんとなく違和感を覚えたのだ。

「初めに社長さんを見つけたのは、あなたですか?」

警察官が道子に聞いた。

「あなたの氏名は? あとで本部から来る刑事にも聞かれると思いますが」

「はい、井上道子といいます。ここで家政婦をしております。今夜は私用で、奥様にお許しをいただいて外出をいたしました」

社長室では、変死らしいということで、鑑識による検視が始められている。

「お亡くなりになった人の名前は?」

「はい、私の主人で、本間久雄と申します。あまりにも突然なことなので、ただただびっくりしております……」

由利は気丈に答えていたが、とうとう我慢できなくなったのか、顔を押さえて道子にもたれ掛かり、声を忍んで泣き出した。暫く捜査員も声をかけられずにいた。

「……すみませんが、続けさせていただきます。奥様、社長さんには、何か持病はありましたか?」

「……いいえ、いたって元気でした……」

「そうですか。では、家族構成を教えてください」

歯をくいしばり、泣きたいのをじっとこらえて涙をぬぐい、道子から離れると、由利は答えた。

「はい。……本間家の当主は本間雄一、私の父です。母は佐知。二人ともこの時間は自室で眠っていると思います。そして、久雄は私の夫です。夫は本間家に川原家から婿入りし、父雄一から本間産業の社長職を譲られました。それから、ここにおりますのは高良と言い、私の弟で次男です。弟がもう一人おります。正行といいますが、これが長男で、今日は仕事で出張中です。私と久雄の間には息子が一人、勇規といいます」

「はい、わかりました。――社長さんはどうして一人で社長室にいたのでしょうね。何か仕事でも？　奥様は聞いていますか。家政婦さんはどうですか」

二人は警察官の質問にほぼ同時に、

「いいえ、何も聞いていません」

と答えたが、由利がふと思い出したように言った。

「そういえば、夕飯の時に、一人で考えたいことがあると言って、夕食のあとに社長室に行きました」

「なるほど、考えたいこととは何かはおっしゃっていましたか？」

「いいえ、それは……」

「わかりました。――ところでこんなに広いお屋敷ですから、防犯のために番犬を飼っておられるでしょう」

「はい、秋田犬を飼っています。――そういえば九時頃、やかましく吠えたてていました。今は捜査犬にびっくりして、小屋の中で小さくなっているのでしょうか」

鑑識の一人が知らせに来た。

「本間さんのご遺体を大学病院に運びます。そして詳しく調べます」

ストレッチャーに乗せられた久雄の遺体が、本間家から運び出された。

その後、鑑識や後から来た刑事たちによって室内の捜査が始められ、社長室のドアには『出入り禁止』のテープが張られた。

由利も高良も道子も、警察官が目の前からいなくなるとこれまでの緊張が一気に解けてぐったりとしてしまった。そんな時、奥の部屋から由利の父の雄一が目を擦りながら居間に出てきた。

「サイレンの音が聞こえたけれど、何事だ」

「お父さん！　久雄さんが、久雄さんが亡くなったんです……」

「なに⁉　久雄くんが、死んだ？　……病気があったのか？」

「いいえ……社長室で、亡くなっていました。一人で考えたいことがあると言って、夕食のあと社長室にこもったので」

「夕食の時に、そういえばそんなことを言っていたな。何か問題でも起きたのかな」

雄一はくるりと向きを変え、茫然とおぼつかない足取りで自室に戻っていった。

翌朝の土曜日。家政婦の道子はいつものように朝食の用意を始めた。支度をしながら、昨夜気になった食器棚を見た。「ここがこうだ」とはっきりとは言えないのだが、やはり食器の並びがおかしい気がする。

やがて朝食ができ、皆、食卓についたものの、食欲がないようで、飲み物だけを口にして、食事にも多少は口を付けたが、途中で誰もがやめてしまった。

「暫く、仕事は休みだな」

雄一はそう言って席を立つと、工場に出向き、早朝から出勤していた専務の荻野英彦に社長である久雄の死を告げ、工場正門の扉に工員に向けて貼り紙をさせた。

都合により、三日ほど休業にします。

社長の久雄が亡くなったという噂は、早くも街に伝わった。すぐに葬儀の手配もせねばならない。

昼近く、警察から連絡が入り、捜査課の課長とその部下たちが訪れた。

「昨夜の調査だけでは、まだ捜査しきれていないところがありますので」

昨日同様、鑑識も捜査に加わっていた。家政婦の道子が捜査班の人たちを居間に案内する。居間に集められたのは雄一と妻の佐知、由利、高良、専務の荻野、それに道子の六人だ。

「昨日の段階でわかったことは、本間さんは初め、睡眠薬で眠らされ、意識が朦朧としているところに、毒物を静脈に注射されたということです。腕に注射痕が見つかりました。しかし、これだけでは自殺なのか他殺なのかはわかりません。そのところを、これから捜査して、はっきりとさせます」

「久雄さんが……夫が自殺などするはずはありません！」

由利は捜査課の課長を睨みつけた。

「私が道子さんの声で社長室に行った時には、机の上には何もなかったわ。ねえ、道子さん」

「はい、何もありませんでした」

「そうですね、私たちが捜査に入った時にも、何もありませんでした。ですが、私たちはそこから何かを見つけるのです。そこで、皆さんの指紋を取らせてください。ここに住んでおられる本間家の家族は？」

雄一が答える。

「私、雄一と、妻の佐知、長女の由利。長男の正行は銀行員。次男の高良は学生で、あとは孫の勇規。家政婦の道子さんも入れると七人です」

捜査課長の話を聞いている間にも、鑑識の捜査は進んでいて、家族皆の指紋の検出を手際よく進めている。机の上に指紋がないのが不思議だと、鑑識官が言った。机を使用したはずの久雄の指紋もないという。

高良が捜査課長に聞いた。

「注射痕があったとおっしゃっていましたが、どんな毒物かわかるんですか?」

高良の何でも知りたいという好奇心が、そろそろ心に湧き上がってきたようだ。

「教えてほしいな」

「高良、やめなさい」

高良のこの癖が出ると、いつまでも喰い下がるので、由利は気が気ではない。

「鑑識は優秀です。薬物はもうわかっております。しかし捜査中ですので。——ところで、専務さんにお尋ねしますが、あなたが仕事をする場所はどこですか?」

「私は専務という役職をいただいておりますが、工場長も兼ねております。それで専務室というわけではないのですが、工場の中に一部屋あります」

そこへ鑑識の一人が、課長へ報告に来た。

「机や椅子、窓枠など、指紋の検出をしていますと、不思議なことに気づきました。指紋がないのに、死亡者に注射されたのと同じ毒物の液が机の上から検出されました」

捜査課長は皆の顔を見渡してから、由利に尋ねた。

「本間由利さん、ご主人は誰かに疎まれたり、恨まれたりしているようなことはなかったでしょうか？　仕事のことでも、私的な対人関係でも」

すると雄一が一気にまくし立てた。

「久雄は、私が気に入って迎えた婿だ！　人に恨まれるようなことはない！」

「お父さんっ！」

雄一の剣幕に、由利は慌てて父を抑えた。

「でも、父の言う通りです。主人は人に疎まれたり、恨まれたりするようなことはありません」

道子は食器棚の件が気になって、言おうか言うまいか迷った。

――先ほど鑑識の人が、社長は睡眠薬を飲まされたと言っていた。缶ビールなどに入れられたとしたら食器棚のグラスは使わないが、何かでグラスを使い、元に戻しておいたのかも知れない。それに犯人の指紋が付いているかも……。でも、睡眠薬や毒物まで用意するような犯人が、そんな間の抜けたことをするだろうか？　いや、しないだろう……。

道子は自分の考えを打ち消した。

――それにあの時、正門の薄暗い通りを走り抜けて行った黒っぽい自動車のことも……。

これらを警察に言った方がいいのか、道子の心には迷いがあった。

「ところで、本間正行さんは、今はいらっしゃらないようですが」

捜査課長が続けて雄一に聞く。

「正行さんは銀行にお勤めとのことですが、お父様の後を継がせようとは思わなかったのでしょうか。久雄さんと一緒に、たとえば副社長として」

「そのようなことも考えてみましたが、久雄とは気が合わなかったのでしょうね」

「そうですか。昨夜は家におられなかったのですね」

「はい、地方の銀行へ支店長と出張で、車で行ったものですから、道路が混んでいて今朝帰ってきました。そして少し休んで、もう出勤しました」

「わかりました。――ところで昨夜、飼い犬がすごく吠えたそうですね」

「はい。家の者には吠えないのですが」

高良のあとを由利が引き継いで言う。

「すぐに鳴きやんだので、気まぐれに吠えたのかと、その時は気にしませんでした」

高良も由利も、自分たちの不注意さを思い知らされた。家を守ってくれている犬の警告に気づかなかったのだから。


久雄の葬儀は、本間家の格式どおり盛大に行われた。祭壇は白い花で囲まれ、久雄の遺影はにこやかに微笑んでいる。しかし、殺人という痛ましい出来事に、参列した人々は何かわからない恐ろしさと疑念を持っていた。

なぜ久雄が毒殺されたのか……？

本間家の人の前ではことさら口を抑えているが、親戚縁者は無論のこと、参列者の間では、本間産業の行方と共におおいに関心をもって語られた。

高良は興味と探偵心で、参列者たちの間を歩き回り、どんな噂話をしているのかと聞き耳を立てていた。自分の義兄が事件に巻き込まれたということで、正義感が湧いているのかも知れない。

事件から三十五日が過ぎた。会社をいつまでも半休業のような状態にしていては、事業者として成り立たない。社長だった久雄が亡くなってしまったので、会社を存続させるためにも、雄一を中心として佐知、由利、正行、高良、家族が一丸となって頑張らねばと、雄一の発案で家族会議をひらくことにした。

本間家の弁護士、源田昭義は、居間に集まった雄一、佐知、由利、正行、高良、亡き久雄の姉の野口亜希、専務の荻野の顔を確かめると、口をひらいた。

「では、本間家の家族会議を始めたいと思います。家族でない人もおりますが、皆さん久雄様に関係のある方たちです。本日は、先日亡くなられた久雄様に代わり、本間産業の社長となって務めを果たしていく人を決めたいと思います。残念なことに、急に亡くなられた久雄社長は、遺言書を残しておりませんでした」

「では、当主である私からも。私は久雄に社長の座を譲りました。若い力で由利と一緒に本間産業を盛り立ててくれると思ったからです。だが久雄は――」

そこで正行が雄一の言葉を遮った。

「本間家には息子が二人もいるじゃないですか。婿など迎えなくても……」

正行の鬱憤はまだ続きそうだったが、源田弁護士が平然とそれを抑えて言った。

「正行さんにはそれなりの言い分があると思います。しかし、正行さんも高良さんもまだ若い、社会というものをもっとよく知ってからでもいい、というお父さんの親心です」

家政婦の道子がコーヒーを用意して居間に入ってきた。そして雄一の耳元で何事かを告げると、雄一は「うっ」と口元を引き締めた。その間に由利が、道子の持ってきたコーヒーを皆の前に配っていると、足音も荒く、

「兄貴、どういうことだ。馬鹿にしよって！」

と、雄一の弟の政治が、怒りを全身に表して居間に入ってきた。源田弁護士がすぐに政治の傍に行き、なだめる。

「政治さん、落ち着いてください。本間家の大事な相談をしているのですから。もしここにおられるのでしたら、口を挟まないでください」

「それだから来たんだ。俺がのけ者にされていいわけがないだろう」

「本間政治さん、あなたには今日の相談事に口を挟む資格はないのですよ」

「どうしてだ！」

「それはあなたが一番よく知っているはずです」

政治は源田弁護士の顔を暫く睨んでいたが、だんだんに気落ちしてきて、傍の椅子に腰を下ろした。

雄一と政治の父、本間真一から本間家を引き継いだ雄一は、祖父の本間庄三が創設した絹織物の産業を失ってしまっては、と懸命に努力をした。

真一は二人の息子、雄一と政治の性格を見抜いていたのか、跡目を雄一に託す時、政治には財産分与をして、本間産業に関わることを禁じた。

雄一が本間産業を引き継いだあと、数年間はたいした変化は見られなかったが、雄一の経営方針が功を奏してきたのか、ドイツで開催される『世界産業展』に本間産業の絹織物が出品されるという名誉ある機会が飛び込んできた。廃れていた絹織物が見直されてブームになりつつあり、それにより世間が本間産業を見る目も変わってきたのだった。

雄一が社長として励んでいる様子を外から見ていた政治は、世界産業展への出品が決まったという話を聞くと、とても羨ましくなった。そして、本間産業を自分のものにしようと画策を始めた。暇があると本間産業の工場に来て、仕事にいろいろと口を挟み始めたのだ。専務の荻野などはとても嫌がり、挨拶もろくにしなくなっていった。

本間産業の絹織物が世の中に認められるようになって、社長の雄一は忙しくなってきた。妻の佐知は夫の身を案じ、

「ほどほどにしないと、身が持ちませんよ」

と、顔を合わせると心配を口にした。

そんなある日、佐知の心配が的中し、雄一が工場内で倒れてしまった。すぐに救急車で病院に運ばれたが、疲れが原因のようで、幸いにも二日ほどで無事退院できた。工場の見回りだけでなく、商工会議所や県庁の産業課などへの挨拶回り、時には講演会などもあったのが疲れの原因だったのだろう。

そんなことがあって体力が落ちてきたことを感じた雄一は、社長の座を譲ろうと考え始めた。弟の政治はここぞとばかりに、自分が後を継ぐとアピールした。だが、雄一の心は決まっていた。妻の佐知ともすでに話し合っていた。娘の由利に婿を迎え、その婿が本間産業を引き継いでいってくれることを願った。

政治は源田弁護士から、「あなたが一番よく知っているはず」と言われて、父から言われたことを思い出した。

「政治さん、私は雄一さんから、お父様である真一さんとあなたが約束をされた書類を見せていただきました。それでもあなたは雄一さんに、社長の座を譲れとおっしゃるのですか?」

源田弁護士からそう言われ、

「父が残した書類……」

と、政治はしゅんとなった。

ここで源田弁護士は、皆の前で宣言をした。

「雄一さんの眼鏡にかなう後継者が見つかるまで、当分の間、社長を本間雄一さんとする。由利さんは専務の荻野さんと共に、社長を補佐する。正行さんも高良さんも、いいですね」

一度譲った社長の座に、事件が起きたために、一時的ではあるが雄一がまた就くこととなった。専務の荻野も納得して、明日の仕事の手筈のため、工場に戻っていった。


家族会議が終わって源田弁護士も帰り、家族だけが残った。政治は居間の仏壇の久雄に線香を供えて手を合わせたあと、後ろを振り向いて雄一に言った。

「兄貴、本当は、俺はこんなことを言うために今日ここに来たんじゃないんだよ。ここだけの話、兄貴は久雄から何も聞いてないのかい？　由利ちゃんはどうなの？」

雄一は、はっと気を引き締めて由利の顔を見た。

「久雄に何かあったのか？」

時間が経っているのに事件は一向に解決しない。政治の声が大きかったのか、雄一の妻佐知と家政婦の道子も、おそるおそる部屋に入ってきた。

政治はどかっと椅子に座り込む。

「久雄の事件、警察から何か言ってきたかい？　我々も犯人を捜そうじゃないか、久雄が可哀想だ。——由利ちゃん、何か心当たりはないのか？」

「あの夜、私はただただびっくりしてしまって……」

政治は次に道子に目をやって言った。

「社長室から、なくなった物はなかったか？」

「私は、なくなった物があるかどうかはわかりませんけれど……。実はあの夜、外出から帰ってきた時、食器の並び方が違うかも知れない、と、ふと思ったのです。それと……ちょうど帰ってきた時に出て行く車を見たのですが……。どちらも確信がなかったので、今まで言えなかったのですが……」

道子は警察に言わなかったことを初めて口にした。

「なぜそんな大切なことを言わなかったんだ。重要な手がかりかも知れないぞ」

政治が今になって久雄のことを言い出したことに、雄一は気になるところがあった。

「政治、お前は久雄から何か聞いていたのか」

政治は皆を手招きして自分の近くに集めると、声を潜めて話し出した。

「事件の起きる十日ほど前に、実は久雄から相談を受けたんだ。匿名の手紙が届けられたと言っていた」

皆、政治の顔をじっと見つめている。道子が、はっと思い出したように言った。

「私、郵便受けにある手紙類を取り出して、会社のものと本間家のものとに分けて、それぞれにお配りしますが、そういえば一か月ほど前でしょうか、本間久雄様宛てに、送り主の名が書いてない手紙がありました」

「久雄さんに、匿名の手紙なんて……」

由利は久雄の秘密が明らかになってくるのが苦しくなってきた。雄一も同様である。

「政治はその手紙を見たのか？　それは事件解決の手がかりになるんじゃないか？　警察に届けなくては」

「いや、俺は手紙は見てない。ただ久雄にそんな話を相談されただけだ。だから警察には言っていない」

今まで黙って話を聞いていた正行が口をひらいた。

「その証拠になるような手紙、どこかにしまってあるんじゃないか?」

すると、詮索好きの高良が言う。

「金庫の中……いや、そんなことはないか。社長室の金庫はもう、警察が捜査済みだよな」

みんな黙り込んでしまった。

「兄貴よ」

政治が突然に言い出した。

「兄貴よ、俺は不思議に思っていることがある――」

政治が何か語ろうとしたその時、道子に案内されて、捜査課の課長と刑事が訪れた。

捜査の進展が気になっているだろうと、一応の報告を兼ねて、久雄に線香をあげに来てくれたのだ。

「皆さん、お集まりですね」

家族が集まっているので、もう一度聞き取りができる、警察としてはちょうどよいチャンスでもあった。

お茶の用意をして居間に来た道子は、捜査課長に言った。

「課長様、私は事件のあった日に、すぐ申し上げねばならなかったことを黙っていました。申し訳ありません」

「どんなことですか?」

と捜査課長は優しく尋ねる。

「あの夜、私は私用で出かけ、帰りが午後十時頃になってしまいました。急いで帰ってきた時、正面玄関近くの暗い中を乗用車が走り抜けていったのです。運転していた人の姿は、車内灯もついていなかったのでわかりませんでした」

「そうですか、よく情報を知らせてくれました。事件のあった夜、鑑識官は、正門の前のタイヤ痕も調べていました。そのタイヤ痕は新しく、事件の夜の車だろうということがわかりました。それに、門の近くには監視カメラが設置されているので、これもすぐに調べました。乗用車の型はわかったのですが。中の人物がはっきりしませんので、今、乗用車の所有者を捜しています」

工場の方に行っていたらしい捜査員が、専務の荻野を連れて居間にやってきた。捜査課長は荻野に尋ねる。

「専務さんにお聞きします。工場で使用する薬品の保管は厳重ですか?」

「はい、私が事務をとる部屋できちんと保管しております。保管ケースの鍵はいつも私の手元にあります」

「わかりました。くれぐれも薬品の保管や扱いは慎重にお願いします。では、私たちはこれで失礼します」

捜査課長たちが帰っていくと、先ほどからもじもじしていた久雄の姉の亜希が、

「今日はいろいろとお話をうかがい、ありがとうございました。私はこれで失礼させていただきます」

と席を立った。

政治はこれで久雄のことが気楽に話せると思った。

「亡くなった者を責めるわけではないが、久雄の身内がいると、どうもな……。兄貴、久雄のことで知りたいことがあるんだ。兄貴のように気難しい男が、どうして久雄を気に入ったんだ？」

「久雄はいつも誠実だった。なあ、由利」

雄一は由利に顔を向けた。

「久雄さんは誰にでも優しくて、工場の人たちの話も、よく聞いていたようです」

「そうですね。工場の中を社長が見回るとなると、従業員は普通、緊張して真面目顔になるのに、専務の私によりも気安く接していました」

「そうなんだ、久雄はいい社長だったんだよ」

雄一はしみじみと久雄を思い出していた。

「由利ちゃんと久雄の結婚式の時に、二人の馴れ初めは聞いたけど、本当のところ、兄貴は久雄のことをよくわかっていたのかな」

政治は疑いの目を雄一に向けた。それに由利が答えた。

「叔父さん、私は久雄さんをよく知って、結婚したのよ」

「そうだな。そして兄貴は久雄に社長を任したんだよな。久雄は何か新しい製品を考えていたのかね」

「本間産業の新しい製品を生み出すということには、もちろん私も関心がある。由利、どうなのかね、久雄は何か言っていたか?」

由利が首を横に振ると、政治は次に道子に尋ねた。

「ところで家政婦さん、久雄は、アルコールはどうだったのかね」

「はい。久雄様は適度には召し上がっていました」

「うん、そうか。——あの夜、久雄は夜一人で何をしようとしていたのかね。由利、どうなんだね。誰か内密の客でも迎えるつもりだったのかね」

みんな思い思いの感情が湧いてきて、辺りがしんとしてきた。

2　本間家の婿

窓から外を見ると、青々とした田園が遠くまで広がり、その向こうには川がゆったりと流れている。豊かな緑の一角に川原家がある。この広い田畑の見渡す限りが川原家のものだった。だが、久雄の曾祖父の川原元親は、人がいいのか人を見る目がなかったのか、田畑はだんだんに人手に渡っていき、久雄の父の真治の代になった時には、自分たちが住む家と、その周りの田畑だけになってしまっていた。

川原家は養蚕業で名声を博した名主で、近郷から大勢の人々が蚕の世話をして働くために集まってきていた。季節になると広い中二階が、養蚕の仕事をする人たちで大賑わいになった。

蚕に餌を与えるために、桑の葉を摘んだり裁断機で刻んだりするのも一仕事だ。子どもたちも親たちと一緒に、桑の葉を摘むのを手伝うために広い野に出ていた。

桑は初夏にはすばらしい贈り物をくれる。子どもたちにとっては楽園になるのだ。赤紫色の実をつけ、これを口に入れると甘く良い香りがして、とてもいいおやつになった。

久雄は桑畑がことのほか気に入り、毎日のように走り回って、子どもたちの餓鬼大将になっていた。

やがて織物業界が衰退していき、養蚕農家もだんだんに減少していった。曾祖父から受け継いだ桑畑も、祖父の代になると半分ほどが住宅地になり、様変わりをしていった。父の代になると、久雄たちが走り回った桑畑が、どこにあったのかもわからなくなっていた。

久雄は、川原真治の三番目の子どもとして誕生した。姉の亜希、兄の絃一。養蚕業は成り立っていかなくなったが、父は野菜作りに精を出し、市場へ出荷して、野菜農家として成り立っていた。

久雄が中学生になった時、年上の不良っぽい友人ができた。数人で町の中を闊歩し、気弱そうな友達に脅しをかけたりして楽しんでいるその先輩を、久雄は傍から見ていた。

そんなある日、先輩と二人でスーパーマーケットへ行った。いつもより店が混んでいて、二人で店内を見て回っているうちに、先輩が欲しくなった物があるようだ。

「久雄、ちょっと」

と、二階に行く階段の所へ誘うと、

「久雄、金、持ってるか?」

と聞いてきた。先輩はお金を持っていないのだ。久雄も生憎、持っていなかった。

「持ってない」

「それじゃあしょうがないな、やるしかないか」

先輩は久雄に耳打ちをした。

「僕はいやだよ。見つかったら大変だよ」

「大丈夫だよ」

先輩は時々やっているのか、自信満々のようだ。

先輩は久雄を引っ張るようにして、お菓子の並んでいる棚の所へ行った。並べられているお菓子は人気があるようで、数人の子どもたちが欲しそうに、買おうかどうしようかと迷っていた。二人は他の子どもたちと同じように、どうしようか迷っているふうを装った。その時、先輩が久雄の前に立ち、手に取ったお菓子を久雄にサッと渡すと、すぐにポケットにしまい込むように促した。

ひやひやしたが、店員は気づかなかったようで、二人は何食わぬ顔で店の外へ出た。物陰に入り、久雄は万引きをしてきた物を先輩に渡した。この時の久雄の気持ちはどう表したらいいか……。

家に帰り、その夜、久雄はたまらなくなって昼間の出来事を両親に告白した。泣きたい気持ちを抑えて正直に話したが、先輩の名は言わなかった。

翌日、久雄は両親共々スーパーへ謝罪に行き、二度とこのようなことをしないと固く誓った。両親は暫くの間、久雄の様子を見ていたが、本当に反省している様子が見て取れたので安堵した。久雄はその日以来、その先輩とは交際しなくなった。

久雄は中学を卒業して高校へと進み、理科系の大学に合格した。受験気分も落ち着いたところで、一人旅を楽しもうと思っていた時、兄の紘一から富士登山に誘われた。久雄はドイツやフランス、ヨーロッパ方面に行きたかったのだが、国内の名所を旅するのもいいものかも知れないと思い、兄の誘いに乗った。家ではなかなか言えないことも、自然の中では話せそうだとも思ったのだった。

富士山は五合目から急に登山の様相になってきた。夏休みということもあって、登山道は混雑している。紘一と久雄はようやく山小屋に着きほっとした。

同宿の人たちと夕食を済ませ、二人は外に出た。空が雄大に広がり、星が輝いている。紘一が空を見上げながら、久雄に言った。

「久雄、きれいだろう。心がすっきりとしてくるだろう」

「そうだね。——心の中を、さらけ出そうかな」

「何か秘密を持っているのか?」

「うん……一つだけ」

「ここで言ってみろよ」

「うん。……兄さんもうすうすは知ってるかも知れないけど、僕は中学の時、悪いことをしてしまったんだ」

「何をしたんだ?」

久雄は今まで両親以外には言わなかった、先輩と万引きをしてしまったことを話した。だが、先輩の名前はここでも言わなかった。

兄の絃一は、

「『私たちには、こうしたいという欲望があって、その欲望が、物の世界との関わりの上で起きてくる』という、仏教の説教の言葉がある。だからどうだということは、自分で考えることだ」

と、説話を久雄に教えた。

久雄は兄に話したことで、今までいつも心にあったしこりが溶けたようで、気持ちが軽くなった。

「きれいな星空を見たんだから、日の出も拝まなくてはな。明日は朝早いから、もう休もう」

山小屋では、明日の日の出を見ようと、みんな早寝をするようだ。

富士登山は、兄の心遣いがあり楽しく終わった。きっとこの陰には父の想いもあったのだろうと久雄は思った。

大学で学び、やがて久雄は卒業を控えて就職試験に臨んだ。理科系の大学であったが、久雄の選んだ企業は旅行会社だった。

夏、希望した会社から無事に内定を受け、旅行会社に就職するのだから名所巡りをしておこうと計画を立てた。

日陰の続く京都の石畳を歩いていると、風の音や木の葉のこすれる音が自然と耳に入ってくる。自分本位の考えや欲望は薄れて、素直な心になってくる。

銀閣寺（慈照寺）の山門を潜り院内に入ると、銀沙灘が広がっている。久雄は高校の日本史で勉強した、足利将軍義政の勢力を示すために銀閣寺は建てられたという話を思い出した。

小道を辿ると、くねり曲がった小さな池。その池の面に広がった波紋の中に、銀閣寺は悠然と影を落としている。銀沙灘と共に向月台という砂盛が今も守られ、参観者の目を楽しませてくれる。銀閣寺前の小さな池を中心にした庭園は、借景式を取り入れて、雄大な風景を楽しむことができる。

久雄は人々を避けるようにして、その景色を暫く見ていた。ふと、人々の中に目を引く女性がいた。その女性は別に特別なことをしているわけではないのだが、印象に残った。

久雄は案内標に沿って歩き始める。先ほどの女性は……と気になり見てみると、彼女も道標に沿って移動を始めた。

ぎらぎらと輝く太陽の日差しを避けるようにして、木陰を選んで池の周りを歩く。少し疲れてきたので休憩所に入ったが、ここも人がいっぱいで、ゆっくりと座る場所もないありさまだ。そこへ先ほどの女性が入ってきた。久雄はあちこち見回していたが、やはり席はない。相席でも仕方がないと、空いている席に座ろうとしたら、その女性とかち合った。

「あら、ごめんなさい」

「いえ、どうぞ、お座りください」

久雄は席を譲った。女性は相当疲れていたのか、素直に席に着いた。そして汗を拭った。そうこうするうちに、二人分の席が空いた。久雄が座っていると女性が立ってきて、久雄の隣に座った。

「先ほどはありがとうございました。ちょっと疲れていたものですから、失礼をいたしました」

久雄は女性の注文も聞かずに、アイスコーヒーを売店から買ってきて彼女に渡した。

「あっ、ありがとうございます」

やがて、日差しが少し落ちてきたせいか、また境内を歩く人が増え、休憩所の中は人がまばらになった。

「京都は初めてですか?」

と、久雄から女性に話題を振った。

「はい、前から来たいと思っていたのが、やっと叶いました」

「お一人の旅ですか。僕も一人旅なんです」

「そうですか、私も気儘に楽しもうと思いまして。ここで少しゆっくりして、今日、新幹線で東京方面に帰ります」

「僕は川原久雄といいます。家は埼玉です」

「私は本間由利といいます。私も埼玉です。なんだかご縁があるようですね」

「帰りがご一緒できたらいいのですが、僕はあと一泊します」

二人は汗も引いたようなので、柔らかく沈んだ緑と砂の白さを楽しみながら、銀閣寺の映る池の周りを散策した。


由利を京都駅まで送った久雄は、清水寺に行ってみようと、駅前からバスに乗った。清水坂をぶらぶらと、旅行会社に就職して、もし自分が京都へお客様を案内することになったら、こんな所をこんなふうにガイドしたいなどと思いながら、店を覗いて歩いた。


和装小物店を見てみようと店先に近づいた時、店内から男が出てきた。そして、その男は久雄の前に立ちふさがった。

「久雄、俺だよ」

突然声をかけられ、久雄はびっくりして相手の顔を見た。

「……あっ、先輩！」

この先輩にこんな所で会うなんて奇遇だ。

「久雄、いや、もう久雄なんて呼び捨てにはできないな。旅行か？　いい御身分だな」

「先輩こそ、こんな所で何をしているんですか」

「うん、まあ体《てい》のいい用心棒みたいなもんだよ。俺たちみたいなことが度々あっては困るからな」

「先輩、その話はよしましょう」

その時、店内からおかみさんの声がした。

「お客様をほっといて、何をしてはるの？」

「じゃあな」

と言って、先輩は急いで店に入っていった。

由利と出会ったことで、なんとなく豊かな気分になっていたのに、久雄は急に気落ちして、兄紘一の言っていた言葉を思い出した。

『私たちには、こうしたいという欲望があって、その欲望が、物の世界との関わりの上で起きてくる』

清水寺の山門はたくさんの人で賑わっていた。開山当時は「北観音寺」と呼ばれ、観音信仰で人気だった。境内に湧き出る清水が黄金の延命水として神聖化され、その「清水」が知られるようになって「清水寺」となったという。今でも清水は「音羽の滝」として参拝者たちに親しまれている。

清水寺と言えば「清水の舞台」が有名で、これは崖下一八メートルもある本堂のことだ。久雄はこの本堂へ向かった。本堂にはご本尊の千手観音をはじめ、毘沙門天、地蔵菩薩が安置されている。

本堂の前にせり出した「清水の舞台」には、落ちやしないかと思うほどの人が溢れていた。ここからは京都が一望できる。久雄は、暑い夏であったが、一人旅を満喫して家に帰った。

内定を受けていた旅行会社に就職した久雄は、第一志望の会社ということもあり、誠心誠意頑張ってお客様に喜んでいただきたいと思い、国内は無論のこと外国へのガイドも進んでした。楽しく仕事に励み、五年ほどが過ぎた。その間に、旅行好きらしい本間由利と仕事中に再会があるのではないかと期待を持っていた。

そんなある日、久雄は社長から呼ばれた。社長室に行くと、

「川原くん、身体の調子はどうかね」

と聞かれた。突然の問いになんだろう？　とびっくりしたが、

「はい、いたって元気です」

と答えた。

「そうか、それはよかった。実は君にやってもらいたい仕事がある。地元の本間産業の絹織物が、ドイツの世界産業展に出品されることは知っているだろう」

このニュースは、日本の産業革命かも知れないと大いに地元を沸かせている。

「その産業展に、市の商工課の職員と一緒に、本間社長と奥さん、娘さんの三人が行くことになった。そのガイドを我が社で引き受けたんだ。君にガイドをやってほしいんだが、どうだ、引き受けてくれるか」

社員たちの応援の声もあり、久雄のドイツ行きは決定した。

ドイツの代理店への連絡や、大使館への手続き、出かける前の準備は大変であった。

展示会の会場案内だけでなく、せっかく出かけるのだからドイツの観光もするだろう。そうなると現地のガイドとも連絡が必要になる。

ある日、久雄は市の商工課の職員、そして本間社長らと打ち合わせをするため、市役所を訪れた。

会議室にはすでに本間親子が来ていて、久雄を待っていた。久雄は女性を見たとたん、京都で会った本間由利だということがわかった。

商工課の課長が、久雄を本間親子に紹介する。

「今度ドイツの案内をしてくれる、旅行社の川原さんです。こちらは本間さんご夫妻とお嬢さんです」

「産業展へのご出品、おめでとうございます」

久雄は雄一と名刺を交換した。

「私たちは公務でご一緒しますので、セレモニーが終わり次第、帰国します。本間さんたちは、ドイツを観光もされてはいかがですか？　それも考えて、旅行社の川原さんにお願いしたのです」

「課長さんたちは、ドイツにいつまでご一緒されますか？」

と、久雄は聞いた。それによってプランが変わってくるからだ。

「私たちは三日間ですね。四日目の朝、ホテルから空港まで送ってもらい、帰国します。ドイツ観光を楽しみたいとは思いますが、仕事ですから仕方ないですね」

打ち合わせというより今日は顔合わせ程度なので、細かなことはこれから詰めていかなければならないだろう。

紹介が終わると、本間雄一が気を利かせて由利に言った。

「私たちは先に帰るから、由利は川原さんとお茶でも飲んでおいで」

久雄もぜひそうしたかったので、由利に目で合図をした。これでまた話ができる。

あれ以来、何度夢に見たことか。

やがて、本間産業でも世界産業展に出かけるための準備が整い、社長の雄一は専務の荻野に伝えた。

「じゃあ、留守中のこと、よろしく頼む」

雄一の妻の佐知も、家政婦の道子に言った。

「正行と高良をよろしくお願いね。うるさいのがいないと羽を伸ばすかも知れないのでね」

本間家一行は成田空港からドイツのフランクフルトへの直行便に乗った。フランクフルト空港から、世界産業展の行われるベルリンのソニーセンターへは、代理店が手配した車で向かう。このソニーセンターはドイツ生まれの著名な建築家、ヘルムート・ヤーン氏の設計で、二〇〇〇年に完成した複合商業施設だ。ここの一角で、世界産業展が開催される。

この産業展は、大企業の製品ではなく、街の中に埋もれている文化財的なものや、細々と製作に励んでいる町の産業や産物を発見するものだ。

本間産業の絹織物は、社長の雄一の目にもまばゆく見えた。真っ白なウェディングドレスや、花鳥風月を基にしたきらびやかな振袖が展示されている。どちらも絹の光沢がすばらしい。

会場のソニーセンターには映画博物館もあるので、そこに来た人々が産業展にも足を運んだ。一緒に来た市の商工課の課長らも大変に喜び、地方の産業発展に努力を惜しまないことを雄一に伝えた。

四日目の朝、本間一家と課長たちはホテルで別れ、課長たち市の職員は旅行代理店が用意した車で空港に向かって日本に帰っていった。

本間家一行が宿泊したホテルには、日本から来た「ロマンティック街道を旅するツアー」の人たちも泊まっていた。久雄たち四人はこのバスに便乗させてもらい、ロマンティック街道を一緒に巡ることになっている。

ベルリンからドレスデンを経て、フランクフルトに出た。ここで一泊して、翌朝ロマンティック街道に入った。ドイツの中世の街並みや古城を見て回るのだ。由利は窓から見える風景に興奮しっぱなしである。

バスはローテンブルクで止まった。石畳の市街地を、久雄と由利は並んで歩く。雄一と佐知も、二人のあとになり先になりしながら歩いた。雄一夫婦は歩きながら、何を土産にしようかと話していた。

聖ヤコブ教会に入った。この教会にはキリストの聖血を納めた聖遺物が祭られている。また、主祭壇の奥のステンドグラスも見事である。ルネッサンス時代に活躍した彫刻家、リーメンシュナイダーの彫刻も見事であった。

昼食は自由にということで、久雄たち四人は街のレストランに入った。雄一夫妻はやれやれという感じで席に着いたが、由利は少なからず興奮が続いているようだ。四人はとりあえずビールを注文した。ドイツではビールはミネラルウォーターのようなものだ。しかし、よく歩いた割にはみんなさほど食欲がなく、定番メニューをいくつかオーダーした。

次に、バスはディンケルスビュールで木組みの家を見ながら通過した。次はアウクスブルクである。ここの街には、豪商フッガーが一五〇〇年代に世界で初めて建設した、低所得者たちのための集合住宅がある。

さて、由利がこのロマンティック街道ツアーでもっとも期待しているのは、ノイシュヴァンシュタイン城だ。由利はまだ城の姿形も見えてこないのに興奮している。

バスの窓の外にノイシュヴァンシュタイン城の先端が見えてくると、ガイドはここぞとばかり声を張り、城の案内を始めた。

「ドイツ各地には、たくさんの城があります。そしてその城には、ドイツの歴史が秘められています。遠い昔、外敵から防衛する砦だったものが、城砦となり、居住地と変わっていきました。現在はホテルや博物館などになっている城も、また、悲しいことに廃墟となった城もあります。様々に変化していますが、どれもが深い歴史を伝えているのです」

旅の本などには、バイエルン王ルートヴィヒ二世が少年時代を過ごしたホーエンシュヴァンガウ城や、歴代ローマ皇帝の居城カイザーブルクなど多数の城の紹介が載っている。

「どうしてこのノイシュヴァンシュタイン城が有名なのかといいますと、この城は一八六九年、第四代バイエルン国王ルートヴィヒ二世の命で着工されました。中世の物語を愛した国王の『新白鳥城』だったのですが、王の突然の死によって、未完のまま残されたのです。皆さんは、これからその城を見学します。姿が見えてきましたね。この外観、すばらしいですね。城の中をゆっくりと観ていきましょう」

バスを降りた観光客たちは、大手門から中に入った。そして控えの間、玉座の間、寝室、居間、洞窟、階段の天井、歌人の間、調理場と見学して回った。

ゆっくりと見学すると半日はかかるが、このツアーは予定が詰まっているので、ガイドは足早に案内をしていく。本間一家も遅れないように、感想もなくガイドのあとを付いていった。

城外に出て、雄一と佐知はすばらしいものを見たものの、すっかり疲れていて、ベンチにくたくたと座り込んでしまった。二人が、由利は？　と見ると、彼女はただ、

「すばらしい、すばらしかったわ！」

と、興奮冷めやらぬ表情で言うばかりだった。

「お疲れ様でした。華麗で壮観なお城でしたね。それではこれからバスまで移動をします。バスは少し下った所に駐車していますので、ここから少し歩きます。歩きながら時々後ろを振り返って、ノイシュヴァンシュタイン城の方を見てください。おとぎ話のお城が見えますよ」

由利と久雄、雄一夫妻も、ガイドの言葉に促されて歩き出す。

「本間さん、お疲れでしょうが、頑張ってください」

と、久雄は雄一夫妻を励ました。由利は久雄と手を繋ぎ、うきうきとした気持ちで両親のあとを歩いていった。

ノイシュヴァンシュタイン城の城下からバスに乗り、フュッセンに着いた。人通りが多く賑やかなフュッセンの街の、南北に走るメイン通りを歩く。通りには土産物店やレストラン、カフェなどが並んでいて、その道の突き当たりにはホーエス城がある。この城は司教の夏の宮殿として丘の上に建てられている。城の外壁に描かれただまし絵を見て、宮殿内を見学したあと、雄一たちはまた街に出て、土産物を見て回った。

今日はここフュッセンで一泊する。食堂で夕食が済むと、疲れているのかみんなは雑談するでもなく、各自すぐ部屋に引き取った。

翌朝、久雄は朝食を済ませたあと、ホテルの周りを散策してみた。昨日の賑わいが嘘のように、静かな街になっている。そろそろ雄一夫妻や由利もロビーに下りてくる頃だろう、とホテルに戻ると、やがてエレベーターから宿泊客たちが降りてきた。その中に由利たちもいた。

雄一たちと久雄は朝の挨拶を交わした。そして、客たちがサロンの椅子に腰を下ろすのを見計らったかのように、三人の男がホテルの玄関から入ってきた。身なりから見て宿泊客ではないようだ。かといってホテルの従業員とも見えない。久雄は「はっ」として、椅子に座っている日本人の観光客たちに小声で、

「バッグ、気をつけてください」

と言って回った。特に雄一には、

「持ち物、大丈夫ですね？」

と念を押した。由利は、そんな久雄の様子を見て、

「久雄さん、何かあるの？」

と聞いた。久雄は詳しくは答えず、

「用心、用心」

と言った。

三人の男たちは、ホテルに入るとばらばらになり、何か物色しているようだ。久雄が見るところ、狙っているものは雄一のカバンのように思えた。

そのうちに、一人の男がゲーム機の前で声を上げた。

「おい、このゲーム機おかしいぞ！」

とドイツ語でわめいている。

観光バスの出発を待っていた数人が、どうしたのかと男の周りに集まってきた。すると男は何事もなかったように、ゲーム機の前から離れていった。周りに集まった人たちは、何が何だかわからず自分の所に戻った。すると日本人の女性客が突然、大声を上げた。

「私のバッグがない！　誰か知りませんか⁉」

皆、自分の荷物を確認して、離して置いていた荷物を引き寄せた。

客の大声に、受付にいた添乗員がすぐに飛んできた。

「羽鳥さん、どうしたんですか」

「私のバッグがないんです。そこのゲーム機の前で騒いだ人がいたから、何事だろうと行ってみたら、その間に……」

「えっ、置き引きにあったんですね。大変大変、バッグの中にはパスポートは入っていなかったでしょうね？」

「あっ、パスポートは今朝、そのバッグに入れてしまいました」

「それは大変です。パスポートがないと日本に帰れないですよ」

久雄は男がゲーム機の前で声を上げた時、雄一の荷物から離れずに、「そら来た」と人々の動きを見ていた。男たちはやはり雄一の荷物を狙っていたようだが、久雄がいるので断念し、女性の荷物にターゲットを変えたらしい。だが、女性が声を上げた時には、もう三人の男たちの姿は見えなくなっていた。

久雄はすぐに警備員に連絡した。男たちがホテルの外に出てしまったら、警備員には拘束することができない。警備員と久雄は男たちを捜す一方、警察にも連絡した。

久雄は男たちをすぐに発見した。ホテル内の商店街を歩いていた。しかし、どこかでバッグをすぐに処分したらしく、手には何も持っていない。男たちは警備員室に連行され、警察もすぐに駆けつけて、身柄を拘束した。

羽鳥陽子という名の女性のパスポートは無事だったが、現金は戻らなかった。

出発前に事件が起きてしまったため、バスは二時間遅れでフランクフルトへ出発した。添乗員からツアー客全員に、羽鳥陽子さんのパスポートが無事戻ってきたことと、またこれには川原久雄の活躍があったことが知らされた。羽鳥陽子からも久雄に感謝の言葉が述べられた。

フランクフルトに入り、ホテルに荷物を下ろし、街のレストランで昼食を済ませると、最後になる見学地、ゼンケンベルク自然博物館で、巨大恐竜の骨格標本を見学し、そのあとは自由散策になった。

雄一夫妻はホテルに戻り、身体を休めることにした。一方、久雄と由利は、観光客で溢れているメッセ会場を訪れたが、あまりの混雑に街のレストランに寄り、お茶タイムを選んだ。

雄一夫妻もホテルの喫茶室で、やはりお茶タイムを持っていた。

「明日は日本に帰国だが、家の方はどうなっているかな。工場の方は荻野で問題はないだろうけれど、正行や高良はどうしてるだろう」

「道子さんがしっかりしているから、大丈夫でしょう」

「荻野へのお土産は、ワインにしよう。正行や高良には何がいいだろうか？」

「私はベルリンで、正行と高良にドイツのお土産を買いましたよ。道子さんには、何がいいかしらね」

ドイツに観光で来た人たちは、それぞれに楽しい思い出を作り、帰国した。雄一も自分が継いだ仕事が世界で評価されたことに、満足をもって日本に帰ってきた。成田空港では高良と道子が出迎え、互いに久しぶりの対面のような気分になった。

家に帰り着くと、やはり我が家が一番と、雄一夫妻は足を伸ばして寛いだ。

「ねえ、お父さん。由利と久雄さんはどうなんでしょう?」

と、佐知が雄一に聞く。

「それは私も気にしているんだ」

「二人は、結婚する気持ちを持っているのかしらね」

「それは当人しかわからないことだが、私は由利を嫁にはやらんぞ。由利に婿を迎えるつもりだ。本間産業を盛り立ててくれるような、いい婿をね」

「久雄さん、本間家に来てくれるでしょうか」

「川原家に行って、お願いするしかないな」

二人は考え込んでしまった。

——もし由利が久雄くんと結婚したいと言ったら、川原家に行って、誠意を尽くしてお願いしよう。それが本間産業を守っていくためになる。川原家も我が家と同じで、一番上が女で、下二人が男だと言っていたな。久雄くんは一番下の子だ。長男がいるのだから、うまく話をすれば、久雄くんを養子に出してくれるかも知れない。

雄一の誠意が、久雄の父、川原真治に伝わったのか、久雄と由利はめでたく結婚し、久雄は本間姓を名乗った。そして雄一は社長職を久雄に引き継ぎ、相談役として本間産業の経営に参加する形となった。

その久雄社長が事件に巻き込まれ、亡くなってしまったのだ。いったい久雄に何があったのだろうか……。

3　謎を解く紘一

埼玉県川越の入間川の向こうに見える、四季折々に色が変化していく森の中にある寺、美しい祥明寺。住職の明証和尚と川原絃一の祖父、浩司は、どこで知り合ったのか碁友達だった。祖父はことのほか絃一をかわいがり、まだ幼い絃一をよく散歩に連れていった。そして散歩の最後はこの祥明寺に寄り、住職と碁を楽しみつつ少しの休憩をとって家に帰るというのが行程だった。

浩司が住職と対局している間、絃一が広い境内で一人遊びをしているのを知った副住職や寺男が、絃一の相手をしてくれることもよくあった。そしていろいろな話をしてくれた。

「絃一くん、ここにおいで」

ある日、副住職は本堂前の廊下に絃一を誘うと、欄干にもたれてこんな話をした。

「絃一くんは友達と『いろはにこんぺいとう』って言って、何かゲームをするだろう？その元になっている『いろはにほへと――』という歌は、昔、弘法大師という偉いお坊さんが作った歌だと言われているんだ。歌の意味は難しくてわからないかも知れないけれど、『いろはにほへと』の歌は覚えておくといいよ」

また副住職は、こんな話もした。

「『七転び八起き』という言葉がある。紘一くんは何か失敗したあとは、どうしている？　そこでやめてしまうかな？　それとも、またやろうとするかな？　どっちだい」

当時、紘一の弟の久雄は数え年でまだ二歳、姉の亜希は十歳であった。祥明寺の境内は近所の子どもたちの格好の遊び場になっていて、高学年、低学年に関係なく、日が暮れるまで皆で遊びほうけて、住職や副住職から「早く帰りなさい」と注意を受けることも度々だった。

紘一をかわいがってくれた祖父の浩司は、紘一が高校一年の時に老衰で亡くなった。浩司は息子の真治にこんな遺言を残していた。

「没落してしまった川原家を、なんとしても復活させてほしい。昔の川原家のように活気溢れる家に――。また、紘一のことは祥明寺の住職にお願いしてある。大学には祥明寺から通わせ、そして、寺で住職の手伝いをしながら修行をする。大学を卒業したら本格的に修行に入ること。その後のことは明証師に任せる」

紘一は祖父の遺言を守り、祥明寺の住職も感心するほど熱心に修行に励んだ。

大学の仏教科を終えた紘一は、埼玉県秩父の山奥にある大聖寺の住職より得度《とくど》を受け、「浩紘」という法名で大聖寺の副住職として安住した。

ある時、浩紘は修行に励んでいてふと、子どもの頃のことを思い出した。「いろは歌」が、子どもたちの間で遊びに使われていたことだ。

「いろはにこんぺいとう」「こんぺいとうは白い」「白いはうさぎ」「うさぎは跳ねる」「跳ねるはノミ」「ノミは赤い」「赤いはほおずき」「ほおずきは鳴る」「鳴るはおなら」……というふうに皆が順番に連想して言っていき、言いよどむと負けである。

私たちがよく暗記する「いろは歌」は、以下のようなものだ。

いろはにほへとちりぬるを
わかよたれそつねならむ
うゐのおくやまけふこえて
あさきゆめみしゑひもせす

その基《もと》になっている、弘法大師が作ったという「いろは歌」は、漢字交じりに表すとこのようになる。

色は匂へど散りぬるを
我が世誰ぞ常ならむ
有為の奥山今日越えて
浅き夢見し酔ひもせず

これを仏教の教理にあてはめると、このようになる。

諸行無常　しょぎょうむじょう
是正滅法　ぜしょうめっぽう
生滅滅已　しょうめつめつい
寂滅為楽　じゃくめついらく

紘一は友達をやり込めるために、「いろはにこんぺいとう」という遊びをよくやっていたことを思い出したのだ。そして、紘一にいつもやり込められていた子がいたことも。

――久雄が悪友に誘われて万引きをしたというその先輩の名を、久雄は決して言わなかったが、もしかしたら紘一がやり込めた子なのではないか。その報復で久雄を困らせようとしたのかも知れない。

紘一は考えた。

――久雄は父母にも私にもその先輩の名を言っていない。名前が言えないということには、何か秘密があるのかも知れない……。久雄が安心して浄土に行けるよう、警察に協力して、必ず犯人を捜し出そう。

紘一は住職の雲澄にお願いして、毎週土曜日の午後から日曜日にかけて、川越にある川原家に戻ることにした。両親に理由《わけ》を話し、街の盛り場で、久雄の友達の情報を集めて回った。初めは用心していた久雄の友達らも、久雄の事件解決のためだとわかると協力してくれた。久雄の友達が全員、この川越にいるわけではないが、まずはここに住んでいる者から情報を集めていこうと思ったのだ。中には紘一にはまったく聞き覚えのない名前の者もいたが、おぼろげながらだんだんと、子どもの頃に祥明寺境内で遊んだ頃を思い出してきた。

中でも、京都に行っていたらしいという、当時から悪ガキと言われていた、久雄よりも二学年上の者を思い出してくれた幼友達がいた。

「最近、京都から、またこの辺りに帰ってきたようだよ」

その幼友達は言っていた。久雄に万引きをさせた先輩という奴に違いない。きっとどこかで会うことがあるだろう、と紘一は確信した。彼の名前もわかった。加藤正司。子どもの頃はみんなから正ちゃんと呼ばれていた。ここで、今まで久雄が秘密にしていた悪ガキの氏名がわかったのだ。

ある日、大聖寺の雲澄和尚から、紘一は居間に呼ばれ、こんなことを問われた。

「浩紘、いろは歌でいろいろ修行をしているようだね。『有為の奥山、浅き夢』という言葉が入っているが、これは仏教ではどういうことかな?」

「はい。いろは歌の中には、私が修行していく上で、知らなくてはならないことが、たくさんあることを知りました。人間には尽きない欲望があります。繰り返しの欲望を追いかけて、しかも常に不満で、だんだんに感動がなくなってしまうのです。こういう、安らぎのない、欲望を追いかけて無感動な世界のことを、仏教の言葉で『有為』と言います」

「そうだな、その奥その奥と追いかけていく。だから『有為の奥山』なのだ」

そのあと雲澄和尚から、久雄の事件について浩紘はどう思っているかと聞かれた。

「いろいろ謎があるようです。できるなら、久雄のために早く解決して、浄土へ送ってあげたいです」

紘一は本心を雲澄和尚に伝えた。

今日は四十九日の法要で、本間家には川原家の者も含めて近親者が集まっている。ただ、正行の顔はなかった。銀行員であり、次長という立場の正行は休みが取れなかったのだ。弟の高良は、いまだに解決しない久雄の事件を解決してやろうと試行錯誤を繰り返しているのだが、なかなか進展はないようだ。

墓参が済み、本間家で食事になった。皆が食事を始めた時、家政婦の道子が法衣姿の男を案内して居間に入ってきた。

「失礼いたします。私も久雄に線香を手向けたく、参上いたしました」

「おお、絋一じゃないか」

絋一が来るとは聞いていなかったので、川原夫妻は少々驚いて法衣姿の息子を見た。絋一は仏壇前に進み、線香をあげ、念仏を唱えた。皆、絋一の底力のある念仏に手を合わせた。

念仏が終わり、絋一は言った。

「私は川原家の長男として生まれました。子どもの頃よく祖父に連れられて、川向こうに見えるお寺に行きました。祖父は住職から説法を聞くのではなく、碁打ちに行っておりました。そこで私は、仏の教えなるものを、明証和尚や副住職からうかがいました。そして年齢が進むにつれ、仏教というものをもっと勉強したく思うようになり、大学の仏教科を卒業し、家を出てお寺で修行を始めたのです。長男なのに家を出てしまい、父母には心配もかけたと思います」

川原夫妻は息子の顔をじっと見つめていた。

「祖父の碁敵の明証和尚からの紹介で、山深い秩父の大聖寺で修行をしております。久雄の葬儀には出られませんでしたが、今日は四十九日ということで、線香を手向けに参りました」

本間夫妻と、未亡人になった由利は、ありがとうございます、と頭を下げた。由利の膝には、まだ幼い息子の勇規がいる。

「紘一様、犯人は見つかりますでしょうか」

由利は必死な思いで、紘一に言った。

「久雄が亡くなった部屋を、見せてください」

由利は母の佐知に勇規を預け、社長室に紘一を案内した。本間雄一と川原の両親、高良、道子もあとに続く。

紘一は社長室に入るとすぐ、一点を見つめながら言った。

「久雄に匿名の手紙が来たということですが、手紙は一通ですか」

するど家政婦の道子が、過去の出来事を確かめるようにして答えた。

「私が郵便物を仕分けしてご家族皆さんにお渡ししますが、私の知っているかぎりでは二通でした」

紘一が目にとめた社長室の後方、帳簿の入った書庫の隅に掛かっている状差しだ。警察も見落とすわけはなく、もう調査済みな所である。しかし紘一は気になった。状差しを見ると、封筒が二通入っていた。一通は送り主の名も書いてあり、問題はなさそうだ。もう一通は、送り主の名がない。

これが、久雄に宛てられた匿名の手紙なのだろう。紘一が消印を見ると、東京世田谷になっている。

紘一は中の手紙を見た。パソコンででも打ったのか、印刷された文字でこんな文章が書かれていた。

> 懐かしかった
> 垣根のつばき
> あのお寺屋根

遠く響くよ
日暮れの鐘　上三
こんぺいとう

絋一はそれを由利に渡した。由利は手紙を暫く見つめたあとで読み上げ、父の雄一に渡した。久雄と絋一の父、川原真治にも渡った。

「これ、何なのかしら……」

「きっと、お寺の庭で見た風景でしょうね。赤いつばきの花が咲いている垣根、夕日に赤く染まった空にお寺の黒い屋根、そして鐘の音、絵になりますね」

「久雄たちの子どもの頃の思い出を、詩にしたのかな……」

皆、口々に言う中、絋一は暫く考えていたが、はっとしたように口をひらいた。

「これはそんなものではないでしょう。警察を呼びましょう。きっと暗号です。久雄がわかったのだから、私たちに解けないはずはありません。由利さん、警察に電話してください。匿名の手紙が見つかりました、と」

由利が警察に電話をすると、すぐに出動しますと答えがあった。

間もなく捜査課長と刑事が一人、パトカーでやってきた。あとから鑑識官もすぐに駆けつけた。

捜査課長ら二人が道子に案内されて社長室に入ってくると、絃一は手紙を見つけた経緯を簡単に説明した。

「証拠になるものを触ってしまいましたが、鑑識ではもう手紙などの指紋も調べ済みでしょう。それに、書かれている内容が問題ですので」

絃一が封筒を差し出すと、刑事が手袋をして受け取った。

「お寺のお坊さんのようですが、あなたはどういうご関係の方ですか?」

由利が絃一の身元を説明した。

「今日は秩父から、夫にお線香をあげに来てくださったんです」

「はい、私は秩父の大聖寺で副住職しております」

手袋をした刑事が、注意深く封筒から便箋を取り出して捜査課長に見せる。

「課長さん、これは暗号だと思います。この暗号を解読しましょう。もちろん鑑識でも解読なさるでしょうが、私たちもやってみようと思います。文章を写させてくださ い。解読できたらお知らせします」

紘一は課長から手紙を受け取り、書かれている文章を書き取った。

紘一から返された手紙を、課長は鑑識官に渡し、

「すぐに調べるように。――では、証拠の品をありがとうございます」

と言って、刑事と共にパトカーで帰っていった。

紘一は写し取った文章を持って居間に行く。そして、由利、高良の三人で暗号の解読を始めた。

懐かしかった
垣根のつばき
あのお寺屋根
遠く響くよ

日暮れの鐘　上三

こんぺいとう

「この『こんぺいとう』というのが、第一の難関だ。二人はどう思う？」

「僕は『上三』がヒントだと思うな」

「そうね。でも、『垣根』とか『お寺屋根』はどうなのかしら？」

暫くの間、三人は思い思いに考えを述べ合っていた。


暗号の解読はすぐにとはいかず、それぞれ考えておくことになったが、暗号の文章が懐かしさを引き出したのか、我が家に行ってみようかと、紘一はふと思った。本間家を辞して、両親と車で我が家に向かった。

実家に帰るといろいろなことが思い出された。そして祥明寺にも行って、明証和尚にご挨拶もしたい、とも思った。そんな紘一の脳裏に、ふと「いろは歌」が浮かんできた。

両親と数時間、実家で過ごした紘一は、夕暮れ近くに大聖寺に帰った。雲澄和尚への挨拶もそこそこに自室にこもっていたが、暫くして、何か吹っ切れたような顔をして和尚の前に現れた。

「和尚様、『いろは歌』のことで、もう一つわかったことがあります。それは、このいろは歌に暗号があったということです。いろは歌は、流刑された人の恨みの歌ではないかとも言われているようです。一説には、いろは歌の作者は万葉詩人の柿本人麻呂ではないかとも言われているようです」

「浩紘はそんなことも調べているのか」

「今日は弟、久雄の四十九日でした。お念仏でもと思い、本間家にうかがったところ、久雄に届いていたという匿名の手紙を見つけました。これです」

紘一は懐から、写してきた手紙を出して和尚に見せた。

懐かしかった
垣根のつばき

あのお寺屋根
遠く響くよ
日暮れの鐘　上三
　　こんぺいとう

「ほう、なかなか面白い歌だが、これが何か？」

「この歌らしいものの中に、暗号があるのではないかと私は見ているのです」

「ふむ、それで浩紘はどう解いたのだ」

「『こんぺいとう』というのはたぶん、子どもの頃のことを言っているのではないかと思うのですが、私はこの歌らしいものを、仮名文字にしてみました。

　なつかしかった
かきねのつばき
あのおてらやね
とおくひびくよ

ひぐれのかね

和尚様、何か気がつかれましたか」

「うーむ……」

「先ほど、いろは歌は流刑された人の恨みの歌ではないかとも言われていると言いましたが、それはこれが理由です。見てください」

紘一は和尚に、いろは歌をひらがなで書いたものを見せた。

いろはにほへと
ちりぬるおわか
よたれそつねな
らむうゐのおく
やまけふこえて
あさきゆめみし
ゑひもせす

「いろは歌を、このように分けて書き、それぞれの行の一番下の平仮名文字を右から順に読んでいくと、一つの言葉が出てきます。『と、か、な、く、て、し、す』、つまり『咎なくて死す』、現代の言葉で言うと、『無実の罪で殺される』という意味です。暗号のようになっているでしょう。このために、流刑された人の恨みの歌とも言われているのです。そこで、久雄に来た手紙も、このように暗号になっているのではないかと気がついたのです」

「ほう、浩紘、よくそのようなことに気がついたな。それで暗号が解読できれば、亡くなった久雄さんもきっと成仏できるだろう」

住職は暫く手を合わせていた。紘一も合掌した。

「浩紘、もう一つ大事な話がある。転衣許状が大本山からくだされた。浩紘を祥明寺の住職に、という知らせが来たのだ」

紘一にとっては大きな出世のはずだが、久雄の死と匿名の手紙に心が奪われている今は、喜びが表せなかった。

4　匿名の手紙

その日、本間正行が銀行の勤めからいつもより早めに帰宅し、車を車庫に入れようと、ゆっくりと運転していると、公園内の街灯に照らされた工場の裏手にある林の中から、男が出てくるのが見えた。この林は隣の公園と繋がっている。

正行が車を車庫に入れて外に出た時、林の中から出てくる荻野専務の姿が見えた。荻野は立ち去っていった男を、舌打ちをして暫く見ていたが、従業員に見られるのを避けるかのように、足早に工場の方に向かっていった。

それを見た正行は、ほんの少し時間をずらして荻野に近づき、

「専務、遅くまでご苦労様です」

と声をかけた。

「やあ、正行さん、今日は早いお帰りですね。今、公園の入り口と間違えたのか、ここに人が入ってきたんです」

正行は第二玄関に向かいながら、先ほど見た男は誰だったのだろうか……と考えてみたが、荻野の言う通り、勘違いで入ってきた人だろうと思った。

「ただいま帰りました」

玄関先で声をかけると、奥から母の佐知と家政婦の道子が出てきた。

「お帰り、今日は早いのね」

「お帰りなさいませ」

正行は母の出迎えで、仕事での嫌なことも忘れて心が和んできた。

佐知は正行のカバンを受け取り道子に渡す。正行はあとから付いてくる道子に小声で聞いた。

「荻野専務は、いつも何時頃に退勤するの？」

道子は思いがけない質問にちょっとびっくりしたようだが、

「私はよくわかりませんが、工場の人たちがお帰りになったあと、工場を巡回してからでしょうね」

と答えた。

正行は部屋で着替えを済ませてゆっくりすると、先ほどの男のことが気になってきた。

「誰なんだろう？　どうも見たことがあるような気がするな……」

この思いが、正行の頭から離れなかった。

「珍しいわね。夕食を正行と一緒できるなんて」

と母の佐知が嬉しそうに、道子と一緒に食事の用意をしている。父雄一も、由利と勇規も食卓に着いた。

「高良はまだ帰ってないのか。いつも帰りが遅いな」

雄一が少し残念そうに佐知に言った。


京都から故郷に帰って、北浦和の駅前で和装小物店を開店したばかりの加藤正司のもとに、知らない男から電話があった。昼でもあまり日の差し込まない、本間産業の裏手にある林に呼び出されたのだ。何事だろうといぶかりながら、正司は呼び出しに応じた。開店早々であり、店が成り立っていくかどうか不安のある時期なので、もしかしたら資金集めに繋がることかも知れないと、呼び出しに応じてしまったのだ。

正司がなぜこんなに金銭にこだわるのか――。正司には娘が一人いる。価値観の相違で離婚をした妻が親権を持っていて、正司は養育費を月々支払わなくてはならなかった。

約束の場所に行くと、林の奥にサングラスの男が待っていた。

「加藤、こっち、こっち」

と手招きをするその手には、白い手袋をしている。正司が急ぎ足で近づくと、

「加藤、お前、金が欲しいだろう。いい儲け話があるよ」

と、内ポケットから封筒を取り出した。

「切手が貼ってあるから、このまま投函できる。ただし、東京のポストに投函すること だ。間違えないようにやる、いいな」

サングラスの男は封筒を正司に渡した。それを見て正司はびっくりした。宛名が「本間久雄様」となっている。差出人の名前は書かれていない。久雄が北浦和の名家、本間家の婿に入って本間産業の社長となっていることは、正司もすでに知っていた。

中学生の時、正司は無理矢理、久雄に万引きをさせた。しかし、久雄はすぐに両親と共にスーパーマーケットに謝罪に行き、二度としないようにと店長に諭され、許さ

れている。

京都で思いがけず久雄と出会った時、本当は正司はあの時の万引き事件について、久雄とゆっくり話をしたかった。

現在は本間産業の社長となっている久雄に、この男は匿名の手紙を出せという。そんな話は胡散臭いに決まっている。犯罪がらみの可能性もある。

――久雄が本間産業の社長になったことで、いい金蔓になると思っているのか。久雄が脅されるとしたら、あの万引き事件に関係していることかも知れない。

だが、そうだとしたら正司も、同じ弱みを持っていることになる。この男はそこまで考えて、正司にやらせようとしているのか。

男から早く離れたかった正司は、手紙を受け取って内ポケットにしまいながら、ふと気づいた。

〝指紋〟だ。男は白い手袋をしている。

――もし久雄が、この脅しだと思われる手紙を警察に届けたら、警察はすぐに指紋を調べるだろう。そこで自分の指紋が検出されて、照合されたら……。

そう思うと、正司は身震いをした。

——久雄に宛てられたこの匿名の手紙には、高額の金銭の要求が書かれているのだろうか。もしこの企てが成功したら、男は自分にどのくらいの金を渡すつもりだろうか。

と正司は欲と恐れとをないまぜにしながら想像した。

男は、用は済んだとばかり、「早く立ち去れ」と言った。正司も手紙を受け取ってしまった手前、早々に男から離れた。どうしてこんな手紙を引き受けたのか、と後悔が湧いてきた。

久雄が、この脅しらしい手紙を読んで、仕事に支障が出るようなことがあったら、昔の友達として悲しいことだ。

数日後、また男から呼び出しがあった。正司の店の電話番号を知っているということは、和装小物店開店のチラシでも見たのだろうか。どうも身近にいる男のようだ。正司は腹をくくり、呼び出しに応じた。

公園の池の畔で待っていると、またサングラスの男がやってきた。前とは違う男のようにも思えるが、正司の近くまで来ると、こう言った。

「久雄はあの手紙を読むと、すぐに細かく裂いて捨ててしまったようだ。今度の手紙は、少し考えてもらうものにしたよ」

「また久雄に手紙を出すんですか。久雄はあなたにお金を払ったんですか？　ところで、あんたは誰なんですか」

男は正司の質問には答えずに、

「何回も手紙を出すと、警察に知れてしまうから用心しないとな。それでなあ、正司」と、内ポケットから出した封筒から便箋を取り出して、それを正司にちらっと見せた。正司には部分的にしか見えなかったが、大体のところは読み取れた。『こんぺいとう』と書いてあるのは、はっきりと見えた。

久雄や正司にとって『こんぺいとう』といったら、子どもの頃、祥明寺の境内での遊びだ。何をするにもすぐに『こんぺいとう』で始まる。鬼ごっこの鬼を決める時でも、何かの順番を決める時でも、すぐに誰かが「こんぺいとう！」と言い出して、連想言葉遊びが始まる。だから『こんぺいとう』といったら、すぐに祥明寺で遊んだ仲間を思い出すのだ。

——でも、なぜこの男は『こんぺいとう』を知っているのか。あの頃に一緒に遊んだ仲間だとしたら、自分たちとは年齢が離れすぎている。それともあの『金平糖おじさん』なのだろうか。

「これで久雄がまた破いて捨てるようだったら、直接、久雄に要求するしかないな。正司とはこれで終わりだ。——ここに、少ないが礼金が入っている。前回と今回の報酬だ」

男は金の入っている袋を正司に渡しながらさらに言った。

「私と会ったことや、匿名の手紙を出したことは、他言無用だよ」

そう言い残して、公園の奥の方へ歩いていった。正司は男を見送りながら、いったい誰なんだろうと考え込んでしまった。警察に捕まるようなこともあるかも知れない、自分はそんなに危ないことをやっているのか。

男からちらっと見せられた手紙、そこからは「寺」「鐘」「つばき」という文字が読み取れたが、どれも正司には懐かしい。

やがて、男の手紙は久雄に届いた。家政婦の道子が気づいた、差出人の書いていない手紙だ。郵送で届いたのは二通目になるので、久雄はまたかと気軽に封を切った。中身は前回と違い、歌が書いてあった。ただ、結びの言葉として『こんぺいとう』と書いてあるのが気になった。

詩だか歌だかわからないが、書かれている内容も気になる。久雄の子どもの頃を思い出させる言葉が並んでいる。

——この人物はこの歌で何を知らせようとしているのだろう？　よし、あとでゆっくり調べてみよう。

手紙を机の背後の状差しに入れたのだった。

久雄の社長室の状差しにあった匿名の手紙。いったいどういう意味なのか、久雄の事件の解決の糸口になるだろうと、警察も家族もおおいに関心を持った。

祥明寺の住職となった浩紘和尚は、久雄宛ての匿名の手紙から写し取った紙を持って、捜査本部を訪ねた。

事件解決の糸口になる情報は、警察でも必要だった。いろいろに試みたが、まだ解読ができないでいた。今回は鑑識の女性職員も同席していた。

「私が読み解いたものが、正しいということではありませんが、一応このように読み解いてみました。まず、この文章をすべて仮名文字に直します。このようにです」

浩紘は仮名文字で書かれた紙を広げた。その仮名文字のある部分に、丸印がいくつか付けられている。

「この丸で囲んだ文字を読んでみてください」

懐かしかった　　な つ (か) し か っ た
垣根のつばき　　か き (ね) の つ ば き
あのお寺屋根　　あ の (お) て ら や ね
遠く響くよ　　　と お (く) ひ び く よ

日暮れの鐘　ひぐ㋹のかね

「丸の付いた仮名を、右から左へ読んでいくと、『金送れ』または『金をくれ』と読めます」

「住職、どうしてこの仮名文字を見つけたのですか」

　捜査課長が質問した。

「私は祥明寺に来る前は、秩父の大聖寺におりました。その時、住職の雲澄和尚から『有為の奥山』について教えを受けました。弘法大師様が作られたといわれる『いろは歌』は、一方で万葉歌人の柿本人麻呂が詠んだとも言われています。『咎なくて死す』です。――知っておられるでしょう」

「仮名の三番目を読むことを、どうして見つけられたのですか?」

　その女性が質問した。

「それは、この手紙に書かれている『上三』からです。これを送った者からの、『上から三つ目の文字を読み取れ』というメッセージでしょう」

「もう一つ、では『こんぺいとう』はどういう意味なんでしょう？　手紙の送り主のことを指しているのでしょうか？」

浩紘は内心、痛いところを突かれたと思った。この部分だけは、今はこのまま秘密にしておきたかった。自分でも「おそらくこの人物だろう」という想像はしていたが、まだはっきりと確かめていないのだ。

「『こんぺいとう』は子どもの駄菓子のことでしょう。懐かしいお菓子ですよね」

心の動揺を悟られないよう、浩紘は適当にごまかした。

捜査課長から、捜査への協力を感謝するという言葉があり、浩紘は警察をあとにしたが、自分としてはまだ納得はしていない。どうしても『こんぺいとう』と思われる人物に会って真意を確かめようと思った。

5　金平糖おじさん

四季折々に変化する木々の梢、そして燦燦と降り注ぐ太陽の光、祥明寺の境内は楽園そのものだった。

久雄も正司もこの境内でよく遊んだ。中でも正司は腕白ぶりを発揮して、子どもたちの中で一目置かれていた。そんな子どもたちの一番の遊びは「かくれんぼ」で、和尚さんからは、

「墓石に乗ってはいけないよ。仏様が静かにお眠りになっていらっしゃるのだから」

と、度々注意されるほど、みんな夢中になった。

かくれんぼの鬼は、普通はじゃんけんで決めるのだが、ここに集まる子どもたちは『こんぺいとう』という言葉遊びで決めていた。

集まってきた子どもたちの中の誰かが、

「こんぺいとうは白い」

と言って、さらに、

「白いは、誠ちゃん」

と次に言う子を指名する。指名された子は、

「白いはうさぎ。うさぎは、久雄ちゃん」

「うさぎは跳ねる。跳ねるは――」

というように、次々にその言葉から想像されることを言っていき、答えられた子は抜けることができる。

「跳ねるは、美子ちゃん」

そこで美子ちゃんが、

「跳ねるは、うさぎ」

と、前の人がすでに言った言葉を答えてしまうと、抜けることができない。また、連想ができなくて言葉が出なかった時も抜けられない。

こんな調子で最後まで残った子が、かくれんぼの鬼になる。子どもたちは、かくれんぼも楽しい遊びだったけれど、この『こんぺいとう』で友達がどんな答えをするのかが楽しかった。

みんなで『こんぺいとう』をやっている時、正司は腕白だが語彙が少ないのか想像

力が貧しいのか、いい答えが出ないことが多かった。

ある日、そんなふうにしてみんなで遊んでいた時、先ほどから本堂前で手を合わせて大日如来《だいにちにょらい》に何事かをお祈りしていた四十代くらいのおじさんが、子どもたちが遊んでいる所に近づいてきた。暫く子どもたちの遊びをにこにこしながら見ていたが、カバンの中から何やら取り出した。それは金平糖の入った袋だった。たぶん祥明寺前にある駄菓子屋で買ってきたのだろう。

おじさんは袋の封を破ると、中から白い金平糖を出して、一番近くにいた正司に差し出した。正司はちょっとびっくりしたが、おじさんの手から金平糖を受け取って口に入れて、かりっと音を立てた。おじさんはにっこりして子どもたちを見回した。正司に金平糖が渡された時、子どもたちは「知らないおじさんが、なんでお菓子なんかくれるんだろう?」とびっくりしたが、また『こんぺいとう』を始めた。

「いろはにこんぺいとう。コンペイトウは赤い。赤いは、陽子ちゃん」

「赤いは、バラの花。バラの花は、健ちゃん」

するとおじさんは、赤い金平糖を選んで陽子ちゃんに渡した。陽子ちゃんも正司と同じように、かりっと噛んだ。甘さが口いっぱいに広がった。

こうなると子どもたちは、前の子が言った色と違う色を言おうと真剣になった。良い答えができた子には、おじさんはそのたびに金平糖をくれた。

「もう金平糖がなくなった。これでおしまい」

おじさんはそう言って、手を振って門の方へ歩いていった。子どもたちが口々に、

「さようなら」

「バイバイ」

と言うと、おじさんはそれに手を挙げて応えて帰っていった。子どもたちはおじさんを見送りながら、「また明日来るのかな」と囁き合った。

翌日、子どもたちは学校が終わり、誰が誘うでもなくまた祥明寺の境内で遊びながら、おじさんを心待ちにしていた。

「おじさん来るかな。金平糖、かりっと」

暫く待っていると、おじさんは今日も来て、子どもたちの『こんぺいとう』遊びを

見ながら金平糖を分けてくれた。おじさんは正司が気に入ったのか、正司には他の子よりも多く金平糖を渡した。

子どもたちはこの男を自然と『金平糖おじさん』と呼ぶようになり、おじさんが来るのを楽しみにした。

ところが四日ほどすると、金平糖おじさんは来なくなった。子どもたちは、明日はきっと来るだろうと、初めの頃は期待して待っていたが、それきり金平糖おじさんは姿を見せず、みんないつしか忘れていった。

祥明寺の庭で遊んだ正司も久雄も、その他の子どもたちも、年上の子から順に、小学生から中学生となっていった。そして中学生になると、自然と祥明寺には来なくなった。もともと腕白で目立ちたがり屋の正司は、中学校では目にあまるほどの悪ガキになってしまった。

祥明寺時代、正司とは学年を超えて友達だった久雄も、小学校を終え中学生となった。すると、正司から家来のように扱われるようになり、久雄は腰巾着のように常に正司のあとを付いて回った。万引き事件もこの頃に起こった出来事だ。久雄の父母が一緒に謝罪に行ったことと店長の厚意で、事件にならなくて幸いした。だから久雄の友人たちは事件のことを誰も知らない。久雄もこの時から自分の生活態度を反省し、正司とは距離を置くようになった。

しかし正司は変わらず、さらに不良少年化して、家族の手にも余るほどになってきた。どうにか高校を卒業したが、職に就かずぶらぶらしていた。あまりのぐうたらぶりを見かねた正司の父の知り合いが、京都の清水坂にある和装小物店の店員の働き口を勧めてきた。父は正司のことだから断るだろうと思っていたが、意外にも正司は「やってみる」と返事をした。京都という街に興味があったのかも知れない。

店員になった正司は、和装小物の美しさに魅せられたのか、接客が性に合っていたのか、真面目に仕事に精を出した。

久雄が京都に行った時、清水坂の和装小物店の店先で正司と思わぬ再会をしてしまったが、この頃すでに正司は悪とはきっぱりと手を切り、真面目な店員として店主からも認められており、時には店を任せられるほどの模範店員にまでなっていた。

久雄と同じように、京都の観光に来た人の中には、中学・高校時代の正司の友達もいたが、昔悪ガキだった正司を店先で見て気づいても、知らぬ顔で通り過ぎていくのだった。そんな彼らに正司は、今の自分はもう違う人間になったのだと言いたかったが、昔しか知らない人には、京都で働いている今の正司など想像もつかないだろうから、無理な話だろうと、正司からも声かけはしなかった。

鼈甲の簪や花簪、京都の街で見かける芸子さんや舞子さんの美しい姿に憧れて店に入ってくる客は、ショーケースに並んでいる品にすっかり目を奪われ、溜息まじりで店から出ていく。

そんな折、関東にも店を出そうという話が、店を管理する会社から持ち上がり、埼玉の北浦和駅前に店を出すことになった。その店長に、埼玉出身の正司が抜擢されたのだ。この街には本間産業という絹織物の会社があり、世界産業展にも製品を出品したという。

正司が店長の『美装堂』が、北浦和の駅前に開店すると聞いた昔の友達が、開店祝いにやってきた。そして昔の正司とは違っているのを見た。皆も立派な大人に成長していて、正司の美装堂開店を祝ってくれた。

——健ちゃんも、誠ちゃんも、きっと今頃は大きな会社の社員なんだろうな。陽子ちゃんや美子ちゃんは結婚したのかな?

幼い頃の友達が集まると、祥明寺の庭で遊んだことを自然と思い出す。そして、その時に出会った『金平糖おじさん』のことも思い出す。でも、どうしても金平糖おじさんの顔は、みんなに聞いても印象がまちまちで、はっきりとした姿形が思い浮かばない。

そんな時に久雄が殺されるという事件が起きたのだ。北浦和の名家、本間家のことはすぐ街中に広がった。噂とニュースから久雄のことを知った正司は、最初は嘘だろうと思った。

——久雄に会いたかったな……。本間産業の社長になった久雄に、もっと早く会いに行っていれば……。昔は久雄を自分の思うままに利用してしまった。店が落ち着いたら、線香をあげに行こう。久雄に許してもらおう。

そう思った。

そんなある日、美装堂に珍しい客が来た。僧衣姿の男性だ。僧衣の男は正司の前に来ると、

「美装堂の開店、おめでとうございます」

と挨拶した。正司はどきっとしながら、この僧侶は誰だろう？　と顔を見た。それは久雄の兄の紘一だった。その背後には、久雄の姿が見えるようだった。

「あっ、これは紘一さん！　お久しぶりです。ありがとうございます」

「私は今、祥明寺の住職をしておりまして、法名を浩紘といいます。もうニュースなどでご存じでしょうが、久雄は亡くなってしまいました」

「誠にご愁傷様です。店が一段落いたしましたら、お線香をあげさせていただきにうかがいたいと思っております」

「そうしてください、久雄も喜ぶでしょう。その前に、私の祥明寺にいらしてください。子どもの頃、みんなでよく遊んだあのお寺です。大日如来様もお喜びになりますよ」

浩紘はこの時、正司に久雄の事件のことで話があるとは言わなかった。

浩紘が合掌して店から出ていくと、その後ろ姿を正司は店先からいつまでも見送っていた。

6　正司の決意

緑だった山が少し紅葉を始めてきた。祥明寺の脇を流れる小さな川の川岸の薄《すすき》の穂も高く伸びてきたようだ。

加藤正司は久しぶりに祥明寺を訪れた。寺の門を潜ると、幼い頃のことが目の前に広がってきた。悪ガキと言われるようになった頃よりも前のことだ。

幼い正司は、いつも、

「和尚さん、遊びに来たよ」

と気軽に声をかけて、本堂に入っていったものだ。祥明寺の住職明証は近所の子どもたちを大変にかわいがり、誰でも寺の境内で遊ばせてくれた。

「昨日から秋の彼岸に入ったから、和尚さんはこれから檀家さんに御経を供えにいくからね、正ちゃん、うちの健ちゃんと遊んでいておくれ」

法衣姿の和尚さんは、大黒さんに手伝ってもらい、袈裟を着けて出かけていった。

秋の彼岸とはいえ、庭にはまだひまわりが空に向かって咲いていて、とんぼの姿も見える。

「正ちゃん、とんぼ捕まえよう」

と言って、網を持った健ちゃんはとんぼを追いかけて、寺の門から外へ飛び出していった。正司も健ちゃんのあとを追いかける。

「気をつけてね」

健ちゃんのおばあちゃんが、庫裏から顔を出して二人に注意した。

とんぼは、すいすいと知らん顔で空を飛んでいく。河原に出ると、とんぼの数は数えきれないくらいだ。水面すれすれに飛んでいる小さなとんぼ。川の流れと競争しているとんぼ。秋の赤とんぼも交じっている。正司は手を高く上げて指を一本立てた。赤いとんぼが一匹、正司の手の周りをくるくると回って指の先にとまった――。

「加藤正司さん、よくいらっしゃいました」

と、浩絃和尚の声がした。夢想から覚めた正司は本堂の前に立っていた。

「あっ和尚さん、こんにちは。すみません、ぼんやりしていました」

「子どもの頃のことでも、思い出していましたか？　ここではなんですから、庫裏の方から本堂へどうぞ」

浩紘の案内で正司は本堂に入り、大日如来にお参りをした。

「今日はよくお出でになりました。私も、正司さんがいつお出でになるかと、心待ちにしていました」

二人が大日如来の前に座ると、大黒さんがお茶の接待をして、「ごゆっくり」と挨拶して引き下がった。

「正司さん、前置きはなしで、はっきり申し上げましょう」

浩紘は亡くなった久雄宛ての匿名の手紙について話し出した。そして、あの手紙は正司が出したのだろうと詰問した。

「あの手紙に書かれていた詩のようなものは、この寺の風景で、最後に『こんぺいとう』と書かれているのは差出人のヒントで、正司さんのことなのではありませんか?」

もちろん、正司にも言いたいことがある。

「和尚さん、その手紙は確かに私が出しました。ですが、少し違うのです。私は北浦和で店を始めたばかりで、京都から一応の資金は出ていますが、金の工面に追われていました。そこに妙な電話があって呼び出され、私は金策に繋がる話かもしれないと思い、行ってみました。すると男がいて、差出人の書いてない手紙を、東京のポストに投函するようにと言われたのです。宛名は本間久雄……。びっくりしました」

「その手紙の内容を、正司さんは知っていましたか？」

「一通目は知りません。二通目は、ちらっとだけですが、確か『垣根のつばき』とか『寺』とか『鐘』などと書いてあるのを見ました。それと、最後に『こんぺいとう』と。今思うに、私に匿名の手紙を投函するように言ったあの人物は、子どもの頃、私たちが『金平糖おじさん』と呼んでいた人ではないかと思えてきたのです」

浩紘は読経の時に使う机の引き出しから一枚の紙を取り出し、それを広げて正司に見せた。

懐かしかった
垣根のつばき
あのお寺屋根
遠く響くよ

日暮れの鐘　上三

こんぺいとう

「私はこの詩のようなものをすべて仮名文字にして、『上三』とあるように、上から三番目を右から左へ読んでみたのです。正司さん読んでみてください」

「か、ね、お、く、れ。『金をくれ』か『金送れ』と読めますね」

「そうなのです。これはすでに捜査本部にも伝えました。そして、最後の『こんぺいとう』。私たちは子どもの頃、みんなこの寺の庭で遊んで育ちました。正司さんや久雄、健ちゃん、陽子ちゃん、美子ちゃんたちの頃には、私はもう寺遊びを卒業していましたが、その頃に何か『こんぺいとう』に繋がる出来事があったのではないですか？

私は、『こんぺいとう』は加藤正司さん、あなたのことだと思っていたのです。しかし、正司さんの今の話が本当なら、どうやら違うようだ。正司さん、先ほど『金平糖おじさん』と言いましたね。それは誰ですか？」

「『金平糖おじさん』は確かにいました。祥明寺で遊んだ幼馴染はみんな覚えているでしょう。ですが、そのおじさんがどこの誰かということは、誰も知らないのです。私たちが『こんぺいとう』遊びをしていると、良い答えの子には金平糖をくれて、金平糖がなくなると帰っていく不思議なおじさんでした。でも私たちには、そのおじさんがどんな人なのかということは関係ありませんでした。単に金平糖が欲しかったのでしょうね」

「大体、様子はわかりました。『金平糖おじさん』の存在まできたら、あとは警察の領域ですね。正司さん、警察で今の話をしてください。捜査本部も待っていると思います。一緒に警察に行きましょう。そして、あなたと『金平糖おじさん』との関係をすっかり話してください。久雄も待っていますよ」

本間久雄殺人事件が一歩前進する、と捜査課長をはじめ刑事たちは張り切った。

まず『金平糖おじさん』と関わりのあった人物の聞き取りから始まった。健ちゃん、誠ちゃん、陽子ちゃん、美子ちゃんなど、もう中年になっている人たちから聞き取っていった。しかし皆、『金平糖おじさん』のことは確かに記憶にあるけれど、どんな人かということになると、誰もが曖昧にしか覚えていなかった。

捜査本部では『金平糖おじさん』の人相書きを作成することになったが、三十年近くも前のことなので、すっかり年を取ってしまった駄菓子屋のおばさんや、大人になった健や誠、陽子、美子に聞いても、それぞれに記憶が違っていて、人相書きの特徴がバラバラだ。大人になってから『金平糖おじさん』に会っているのは正司だけである。しかし、その正司の証言を基に人相書きを作り、それを各自に見せると、また違った特徴が思い出されて修正をしなければならないという、人相が特定できなくなる不思議な現象が起こった。

正司と会った時にはサングラスをかけていたが、その程度であれば、どこかに人相の特徴が現れているはずなのだ。結局、警察は正司の証言から一枚、他の人たちの証言から一枚、合計二枚の人相書きを作り、『金平糖おじさん』として各署に手配した。

そして、浩絃和尚の助言もあり、正司は久雄の事件には直接、関係がないと判断され、二度と犯罪に関係するような事柄には関与しないように諭されて、罪には問われなかった。

警察を出て、正司は久雄に謝りたいと、浩紘和尚と一緒に祥明寺に戻った。

正司は薄暗くなった本堂に正座して、大日如来の顔をじっと見つめる——。

正司はいつしか河原にいた。そして指を高く空に向け、「秋のとんぼ、この指にとまれ！」と心の中で言った。すると一匹のとんぼが、正司の手の周りをくるくると回って、指先にとまった。

「空が赤く染まったら、空の散歩をしようよ」

どこからかそんな声が聞こえた。正司はびっくりして辺りを見回す。

「ここだよ」

久雄の声だ。とんぼは目をぐるぐると回した。

「久雄、俺、飛べないよ」

西の空に太陽が大きく見えている。雲が赤く染まり、周りの山々も火事になったように真っ赤だ。川の流れと遊んでいたたくさんのとんぼたちは、一斉に太陽に向かって飛び立っていった。

「さあ、正司さん、行こう！」

とんぼが正司の肩にとまると、正司の体がふわあっと浮き上がった。

「正司さん、腕を大きくひらいて！」

耳元で風の流れる音がした。正司はたくさんのとんぼと一緒に、赤く染まった空を飛んでいる。

周りを飛んでいるとんぼが、だんだんに赤く染まっていく。

「私たちは、赤い空で太陽の光を浴び、赤とんぼになって秋を知らせる役目をするのです――」

お堂の中まで差し込んでいた夕日が、いつの間にか山の陰に隠れ、辺りが暗くなってきた。

「正司さん、大丈夫ですか？」

浩絃和尚の声がして、正司ははっと気がついた。

「あっ……今、久雄くんと一緒にとんぼになって、空を飛んでいたんです」

「それは良かった。久雄が正司さんを許してくれた印かも知れませんよ」

正司は寺を辞して北浦和に帰る道すがら、本堂で久雄と出会ったことを楽しく思い出し、事件が早く解決することを願った。

そして、そのためには自分は何をすべきなのかと考えを巡らした。今はもう以前の正司ではないとはっきりと言える。

正司は先ほど浩紘和尚から説法で、「いろは歌」の中にある「有為の奥山、浅き夢」というのは、「人間の欲望というものは、物が豊かになっても次々と新たな欲望が湧き、決して満たされることのないものだ」ということを表していると聞いたことも思い出していた。

帰りは「時の鐘」がある一番街を通って川越駅に向かった。途中、正司が留守の間、店番をしている店員に金平糖でも買って帰ろうかと、夕方のこの時間でもまだ大勢の人で賑わっている菓子屋横丁に足を向けた。菓子屋横丁と言われるだけあって、いろいろな駄菓子が並んでいる。

金平糖を買って店を出た時、川越のシンボルである「時の鐘」が鳴り出した。子どもの頃に見慣れていた木造の鐘楼は、江戸時代初期に川越藩主、酒井氏によって建造されたもので、現在でも時を知らせる役目を担っていて、午前六時、正午、午後三時、午後六時に鳴らされる。長い間、川越を離れていた正司にとっては、この鐘の音色が懐かしかった。遊びすぎて、最後の鐘に帰りを促されたことが何度あったか――。正司は店先にたたずみ、鐘楼を見上げていた。

鐘の音の余韻を楽しみつつ、正司は一番街を抜けて川越駅に急いだ。今のは午後六時の鐘だ。

会社から帰る人たちで混んでいる電車で、北浦和に着いた。改札口を抜けて駅前に出た時、広場の向こうに男の姿を見た。広場はすでに薄暗く、街灯の灯りだけでは男の姿ははっきりと見えなかったが、正司に匿名の手紙を出させたあの男に違いない。正司は男のあとを追った。

男は広場を抜け、本間産業の方へ歩いていく。正司は急ぎ足で距離を詰めていった。県立高校の角を曲がったのは見えたが、その角まで正司が来た時には、男の姿は見えなくなっていた。高校の辺りは街灯も少なく、夜間は人通りも少なくて寂しい所だ。

あの男はこの辺に住んでいるのか、それとも仕事帰りだったのか……。正司は、「男を見つけなければ。久雄のため、いや自分のためにだ」と決意を固めた。

7　本間家の秘密、川原家の秘密

相思相愛の久雄と由利は結婚し、久雄は本間家の婿として迎えられた。義父の雄一は本間産業の主権を久雄に譲って、久雄は社長になった。雄一からは、

「私の経営方針にとらわれることなく、自分の思うままにやってみなさい」

と言われ、久雄社長は何事にも前向きに取り組んでいった。

「私の兄はお寺さんの副住職をしています」

これは、ある日の工場の朝会での久雄の言葉である。八時四十五分に就業のベルが鳴ると、まずは準備運動のラジオ体操が始まる。久雄を中心に雄一も佐知も由利も参加して、工場全体が活気に満ちてくる。それから久雄社長の朝の訓示になる。

「四季折々に、工場裏の樹木も色が変わっていきます。兄は、本堂での読経のあと、日々、色が変わっていく庭を眺めるのが楽しみだと言っています。先日、兄から、こんな話を聞きました。人に負けまいとして意地を張ったり、損な立場に立つまいとして周りと自分を見比べたり、どうしても心が素直になれないことが、人間にはあるのだ、と。私たちの生活におおいに役立つ話だと思います。――さあ、今日も一日頑張

りましょう。私たちが織り上げた絹布が、大勢の人たちに幸せを呼び込むことができますよう、心を込めて仕事に取り組みましょう」

朝礼が終わると、専務の荻野と一緒に、製品の収められている倉庫に向かう。そのあとは工場内を見て回り、作業中の工員の様子や健康状態にも目を配り、昼食頃になってやっと社長室に落ち着くのだ。

社長室には、副社長であり経理も担当している妻の由利が控えていた。

「由利、いつもご苦労様。たまには温泉にでも行こうか」

「久雄さん、大切な話があるの。私、赤ちゃんができたようです。午前中に休暇をいただいて病院に行って調べてもらいました。三か月だそうです」

「そうか！　跡取りが生まれるんだな。もうお父さんやお母さんには知らせたのか？」

「いいえ、久雄さんに最初にと思って」

二人の会話が弾んでいるところに、家政婦の道子が昼食の用意ができたことを知らせに来た。食事は、雄一と佐知は先に居間で済ませている。

やがて道子がいつものように、昼食を社長室へと運んできた。

「久雄様、由利様、どうぞごゆっくりと召し上がってください。工場の皆さんも昼食が済んで、公園に行って紅葉を始めた林の中を散策されたりしています。皆さん午後からの仕事のために英気を養っているようですよ」

「道子さん、先ほどの私たちの話、聞こえましたか？」

「なんの話でしょう？　でも、おめでとうございます」

「道子さん、まだ内緒ですからね」

二人が口止めをすると、道子はうなずいて微笑み、社長室から出ていった。

若い夫婦はゆっくりと食事を始める。

「工場の皆さんがしっかりと働いてくださってるので、良い製品だと、問屋のあけぼの商会の方も喜んでいるようですよ」

「それは良かった。低迷しているこの業界を、少しでも発展させていかないとね」

やがてベルが鳴って午後からの仕事が再開された。今まで静かだった本間家の中も、工場の立てる機械の音が聞こえてきて活気づいてきた。

久雄と由利は昼食のあと、ゆっくり休む間もなく、久雄は工場へ、由利は経理と、仕事に入っていった。

久雄と由利の毎日はこんな様子だったので、週一の休みの日は二人とものんびりとしすぎてしまい、父の雄一から、

「二人ともあほみたいだな。もっとしっかりしろよ」

と注意されることも度々だった。

そんな時は、母の佐知がフォローする。

「いいじゃないですか。毎日毎日、しっかりと働いているんですから。道子さんだって、そんな二人を応援しているから、昼食を社長室まで運んでくれているのよ。ね、道子さん」

「お二人の食事を運ぶことなど、なんということもありません。お二人とも普段お仕事がお忙しくて、なかなかお話しさせていただく時間がありませんから、昼食の時に少しでもお話ができるのが、私は楽しいのです」

「おいおい、道子さん、私との話は楽しくないということかな?」

「い、いえ、そういうことではありません」

「お父さん、道子さんが困ってるじゃないですか」

「あっはっはっはっ。そうだよな、私と道子さんは、楽しく毎日話してるものなあ」

そこで由利が急に思いついたように言った。

「お父さん、道子さんは我が家の家政婦さんなのに、本間産業の方の仕事もしてくれているのを知っていますか？」

「道子さんがかい？　何をしてくれてるんだ」

「あら、やっぱりお父さんはご存じないのね」

「由利様、いいんですよ。私は本間家の家政婦です。家のことでも工場のことでも、私にできる仕事ならば何でもやらせていただきますので」

「お父さん、道子さんは私が経理の仕事で忙しい時に、事務を手伝ってくれることがあるんですよ」

「そうか、じゃあ、道子さんには本間家と本間産業の両方から給料を払わないといけないな」

「そんなこと……」

久雄はそんな会話を聞いていて、心から楽しいなと思った。

「ところで久雄くん、工場の方はどうかね」

「はい、新しい製品を造ろうと、専務と研究を重ねているところです」

「どんな製品を考えているのかね」

「今、北浦和地区で建設中の大きな会館があります。その会館にはホールを造るそうです。そのホールの緞帳や背後の幕などを、本間産業で造ってほしいという話が来ました。その他にも各室の装飾も手がけてほしいということで、専務と相談を重ねて製作に励んでいます」

「良い物ができるといいね。あとで私も荻野を呼んで、話を聞いてみよう」

「はい、お父さんも良いお知恵があったら、応援よろしくお願いします」

義父の雄一が、引退せずに経営に参加してくれるのは、とても嬉しいことだと久雄は思っていた。

「ところで最近、私の弟の政治が工場に来たかね？」

「いいえ、見えておりませんが、どうかしたんですか？」

「うん、公園で政治を見たという人がいてね……」

雄一は天気の良い日には飼い犬のまるを連れて公園に散歩に出かける。同じように犬を連れて散歩に来ている人たちとは、すっかり顔見知りである。

そのうちに、雄一が本間産業の元社長だと知ると、皆いろいろと話題を持ちかけてきた。中には本間家のことをよく知っている人もいて、雄一の弟の政治のことも時には話題になった。

「雄一さん、先日ここで政治さんを見ましたよ。同じ年齢くらいの男と、木陰に隠れるようにしてひそひそと話をしてました。私は一瞬、雄一さんと話をしているのかと思って、でもそれだったら隠れるような会い方はしなくてもいいのに、と首を傾げたんですよ」

「その男は、犬の散歩に来た人かな」

「いいえ、この辺では見かけない男でしたよ」

男性は言うだけ言うと、犬を連れて公園内の散歩を続けにいった。

犬のまるは男性の連れていた犬を追いたい素振りを見せたが、雄一は引き寄せた。

——政治が我が家の隣にあるこの公園まで来て、家の方には顔を出さないなんて不自然なことだ。私に秘密を持っているのだろうか。それに、政治と会っていたという男は誰なんだろう。政治と何を話してたんだろう。政治に直接聞いてみるか。

雄一は、そんなことがあったのだ、と皆に話した。

「何か用事があって、北浦和まで来たんじゃないかしら。政治叔父さんの家は、東京の北区にある飛鳥山公園の近くよね」

と、由利はあまり気にしていないようだ。

「政治は、私が父から本間産業を継いだことを快く思っていない。まして、久雄くんを婿に迎えて私の後を継がせたことも」

久雄は、自分は雄一・政治兄弟の確執の中で本間産業を継いだのだから、義父のためにも、自分のためにも、本間産業を発展継続させていかねば、と秘かに決意した——。

その日、雄一は、公園で犬の散歩仲間から政治のことを聞いたあと、帰宅するとすぐに政治に連絡を取った。

「お帰りなさい」

妻の佐知と家政婦の道子の言葉も聞こえたのかどうか、急いで家の電話の受話器を取る。雄一自身も、何がそんなに気になっているのか、自分でもよくわかっていない。

「ああ、政ちゃん？　聞きたいことがあるんだ。この間、うちの隣の公園まで来て、誰と会っていたんだ？」

「えっ……あの男は、なんでもないよ。俺が昔、金を貸したことがあって、それを少しでも返してほしいって、公園で話してただけだよ。でも、嫌なところを見られちゃったなあ」

しかし、雄一は政治の話を信用しなかった。後ろで、何事かと控えていた佐知と道子は、おろおろするばかりだった。

久雄が義父の雄一から引き継いだ本間産業は、不況という社会情勢を乗り越えながら三度目の春を迎えた。絹織物だけでなく、つづれ織や綿織物、毛織物と、いろいろな織物に挑戦していた。

久雄と由利の息子、勇規も元気に成長して二歳になった。

南の方から「桜だより」が聞かれる頃になると、隣の公園の公孫樹《いちょう》の薄緑と、桜のつぼみのほんのりとピンクがかったかすみが梢を覆ってくる。この季節になると、今まで寒々としていた工場内も、なんとなく浮き浮きとした雰囲気になってくる。

久雄の社長としての朝会の訓示もすっかり堂に入って、工員たちもきちんと話を聞いている。

季節が進み、公園だけでなく工場の後ろの林も、駅から県立高校へ行く道の両側も、桜の開花でピンク色に変わった。

雄一は犬のまると、二歳になった勇規を連れて、桜が咲き始めた公園を散歩した。しかし、よく歩けるようになってきた勇規に気を使いつつの散歩は、犬のまるにとっては少々退屈なようで、公園の広い場所まで来ると、自由に走り回りたがって大変な散歩になった。

さらに季節は進み、本間家の林も公園の樹木も、若葉が次第に深い緑に変わり、夏が訪れた。

久雄の実家のある川越でも、また本間家のある北浦和でも、五年ぶりの天神祭が行われるとあって、街中がその準備で大わらわであった。本間産業も天神祭に合わせて工場を三日間、休業をすることにした。この休みを利用して、久雄と由利は勇規を連れて、川越の両親の所へ行くことにした。

久し振りに帰ってきた久雄と由利、勇規を、川原の両親や姉夫婦は大変に喜んで、大感激で迎えた。母はすぐに兄の紘一にも連絡をした。

久雄たちの歓待がひと通り済んで、姉夫婦は別棟に引き揚げていった。母は由利と勇規を誘って、近くの天神社までお参りに出かけた。今、家には父と久雄の二人きりだ。

「久雄、先日、納戸を片付けようと荷物を動かした。そして中の荷物を出してみたら、意外な物を見つけたよ」

と父が言う。

「何が出てきたの？」

「意外というよりも、大変な物が見つかったんだよ」

そう言って、奥の部屋から文箱のような物を持ってくると、父はその中から巻物らしき物を取り出した。

「この巻物は、どうやら手紙のようだ。見てごらん、この部分を――」

広げた巻物の一部分を指さす。そこには思いもかけない言葉が書かれていた。

『金返せ』

そして、父はこんなことを話し出した。

川越藩の藩主、松平信綱は、徳川家光の信任厚く、新河岸川舟運の整備や、野火止用水の開削による新田開発など、川越藩発展の基礎を施策した。江戸から川越までの船の道を開通して、江戸に並ぶ町、江戸との交流がある町、江戸の衛星城下となし、川越は小江戸と呼ばれて、幕府は行商人を優遇した。

養蚕家で名主《なぬし》でもあった川原家は、村や町の人たちの豊かな生活を願い、行商人らと交流を持った。その一人、木ノ原重兵衛と懇意になった。木ノ原は江戸の花川戸から、江戸の香りのする商品を川越まで運んでくる行商たちの頭的存在だった。

ところが明治二十六年、川越に大火災が起こり、今まで豊かに過ごしてきた町の人たちは悲嘆にくれた。東京市から、衛星城下であった川越に義援金が送られたが、それでは追いつかないほどの被害であった。そこで川原家は、町を復興させようと、私財をなげうって人々の援護を始めた。

この時、木ノ原も援助金を川原に渡して、返金はいつでもいいから、と言ったのだった。

「木ノ原家の人に連絡をしようにも、今はどこに住んでいるのかわからない。この手紙はいつ頃のものだろう。それにしても『金返せ』はひどいよな」

やがて野菜農家になってしまった川原家も、苦労の連続だったのだ。

「しかし、これはここだけの秘密。他の者には言わないように」

久雄の父は巻物を文箱に戻し、奥の部屋に戻しに行った。

その時、勇規の元気な声が玄関に響いた。

「パパ、おじいちゃん、ただいま！」

母と由利は、疲れた顔で帰ってきた。

「勇規がお神輿のあとをずっと追いかけていくから、菓子屋横丁まで行ってきたの。

お菓子は勇規には見せたくないと思ってたけど、案の定、『ママ、あれが欲しい、これが欲しい』って言って動かなくなってしまって、それで、金平糖と麩菓子を買ってきたわ」

由利が久雄に、買ってきた駄菓子を見せているところへ、姉の亜希がスーパーで買い物を済ませて帰ってきた。

「紘一から、夕方のお勤めが済んだら行きます、夕食を楽しみにしていますって電話があったわ」

少し早い時間だが、姉と母は夕食の用意をするために台所に入った。

「私もお手伝いします」

「いいのよ、今日は由利さんはお客様なんだから」

暫くすると台所からいい匂いがしてきて、父が奥の部屋から出てきた。

「おお、いい匂いだな。ご馳走を作ってるのかい？　何を食べさせてもらえるのか、楽しみにしてるよ」

勇規は買ってきた金平糖を由利からもらい、口の中で転がしながら、久雄と庭に出て遊び始めた。庭から楽しそうな勇規の声が聞こえてくる。

空がだんだんと暮れてきて、昼間の暑さが少し和らいできた。

「こんばんは」

絋一が寺で夕方のお勤めを済ませて川原家にやってきた。絋一は居間に通り、仏壇に手を合わせてから、父と母の前に座った。勇規は初めて会う絋一に少し人見知りをしていたが、すぐに慣れてきたようで、やがてにこにこと挨拶をした。

食卓に夕餉の用意ができた。姉夫婦と子どもたちも座り、賑やかな晩餐になった。川原夫妻はにこにこと子どもや孫たちを見回して、とても嬉しそうだ。

やがて、楽しい夕餉の会も終わり、姉夫婦と子どもたちは別棟の家に引き揚げていった。勇規も眠気が来たらしく、久雄の膝でこっくりと始めたので、久雄は隣の部屋に用意してある寝床へ勇規を寝かしつけに行く。由利は義母と一緒に夕餉の片付けをするために台所に入った。

久雄は勇規の寝息が聞こえてきたので、父と兄の絋一がいる居間に戻ってきた。絋一を中心に話が弾む。母と由利も台所仕事を終えて居間に戻ってきた。

ところで私は、と絃一が話し出した。

「私は今、川原家の歴史を調べているのですが、川原家っておもしろいですね」

父と母はちょっとびっくりして絃一を見つめた。久雄は先ほど父から見せられた巻物のことが頭をよぎった。

「川原家は、江戸時代にはこの地方の名主で、養蚕で大変繁盛していたようです。その後も米や麦、野菜を育て、小作農から年貢を納めさせて豊かな生活をしていましたが、明治の大火により、その生活が一変してしまったようです。川原家は財産をなげうって町の復興を助けたのです。そしてその時、川原家だけの財産では足りず、東京市から行商で来ていた木ノ原という人物が、川原家の取り組みに賛同して資金を出してくれたといいます」

すると父は、

「私も、大火の頃までの我が家の歴史は代々引き継ぎ聞いているのだが、川原家が衰退してからのことはわからん」

と腕を組んだ。ここまでの話では、父は納戸から出てきた巻物のことには触れなかった。

「私は、川原家の歴史を調べていく中で、大火の時に資金を出してくれたという、行商の木ノ原という人が、どうしても気になるのです」

紘一がそこまで調べているのを知った父は、紘一に巻物のことを打ち明けた。

「――納戸にしまってあった荷物の中に、そういう手紙が入っていたんだ。『金返せ』とな。たぶん川越の大火の後のものだと思う」

「『金返せ』というのは、切羽詰まった人の言い方ですね。木ノ原という人はどんな人物だったのでしょう」

「その時は人助けと思って金を出したけど、自分が資金に困ってきたら、以前に出したものを返してほしくなったんじゃないかな」

と久雄が言った。久雄も、現在の本間産業の経営を考えた時、資金はいくらあってもいいと思うのだった。久雄が続ける。

「この木ノ原さんには、川原家から連絡を取ったことがあるのかな。でも、手紙だけじゃなくて直接、返してほしいと言ってくれればいいのに」

「そうだな。いったいどれくらいの金額を援助してくれたのか……。返せる金額だったら、返してあげたいよ。大火の時に助けてもらったんだからなあ」

父には直接は関係のないことだが、やはり川原家の子孫としては問題を片付けたいと思うのだった。

「まず、木ノ原という人を探すことですね。人生は七転び八起きです。悲観することはありません」

紘一はそう言って座を立った。


翌日、久雄、由利、勇規の三人は、川越の本町通りを通って「時の鐘」を見てから北浦和に帰ってきた。

北浦和も天神祭の真っ盛りで、県立高校の前の通りは人で溢れていた。本間産業の門の前には、雄一社長の希望で御旅所が作ってあり、祭壇の前にはお神輿が鎮座していた。道子も町会の世話役たちに心を配り、あれこれと世話をやいていた。

工場が三日間の休みに入ることになった時、専務の荻野は久雄社長に、製品管理倉庫の点検をしたいと申し出て、出勤の許可を得ていた。

久雄たち親子が北浦和の家に着いた時には、門の前の御旅所は祭半纏の若者たちで賑わい、かけ声も勇ましく神輿のお練りの準備をしていた。勇規はそれを見て、自分も法被を着たいとねだった。

久雄たちは第二玄関から家に入ろうとしたが、そこで、見てはならない物を見たように思った。それは、誰かが本間産業の製品を運び出している場面だった。久雄はすぐに男のあとを追いかけたが、男は素早く工場の後ろの林の中に消えていってしまった。

久雄は急いで工場に戻り、製品倉庫に向かうと、何を持ち出されたのか調べようと倉庫の扉を開けた。鍵は掛かっていなかった。そこへ専務の荻野がやってきた。

「社長、おかえりなさい。正門前が御旅所なので賑やかですね」

「それどころじゃないよ。専務、倉庫の鍵はいつもどうしてる？　鍵が開いていたぞ」

「鍵ですか？」

由利は、自分と息子はここにいない方がいいと察し、

「勇規、おじいちゃんの所へ行きましょう」

と、勇規を連れて正門に向かった。

「盗難にあったようだ。今、倉庫から製品を持ち出した男がいたんだ」

「ああ、それは私が製品の出来を調べようとして、倉庫から持ってくるように工員に言ったからですよ」

「いや、何だか挙動不審で、工員ではないように見えたぞ。それに、男は裏の林の方へ行ったんだが……。しかし、専務が了解していることなら、いいんだが」

「今日は天神様のお祭りですよ。社長も御旅所へ行ってお参りしてください。雄一さんも待っていますよ」

「そうだな、川越から帰った挨拶がまだだった。――ねえ専務、専務はこの地に長く暮らしてるの？　木ノ原さんって知ってるかな？」

久雄は、つい口に出してしまった。荻野はちょっと息を呑んだようだったが、

「いえ、聞いたことがありませんね。――さあ、正門へ行きましょう」

と言って倉庫の鍵を掛け、久雄と一緒に門前の御旅所に出た。

雄一は孫の勇規と、神輿の前で声を上げていた。久雄もその傍に行き、二人と合わせて声を上げた。

その晩は家族全員が揃い、母佐知と家政婦道子の手料理で夕飯になった。久し振りに正行も高良も早く帰宅し、祭りの様子や街の賑やかさなどで話が弾んだ。

そんな中、由利が遠慮しながら話し出した。

「お父さん、久雄さん、私ね、絹織物の展示場を本間産業の中に造りたいの。本間産業はつづれ織りなどの新製品を生み出したけど、絹織物と言ったら普通、皆さんは反物くらいしか知らないでしょう。いろいろな織物を展示して、生糸で織られる物を、大勢の方々に知ってほしいの」

雄一は由利の発案に少し心を引かれた。

「由利、新しい事業は私たちだけでは決められないということは知っているね。それで、その展示場をどこに造るつもりだい」

「工場と並んで造るといいんじゃないかと思うの。でも、工場の音が少しうるさいかしら」

黙々と箸を動かしていた正行が言う。

「うん、おもしろいかも知れないな。高良が館長になったらいいよ」

「兄貴こそ」

正行と高良は小声で言い合っていた。

「正行、高良、よさないか。館長は久雄だよ」

父の一声で二人は黙った。

「設営するには、理事会の承認が必要だということは知っています。どんな展示にしようかしら。展示する物を集めなくちゃ……」

由利は展示のことをあれこれと頭の中で考えているうちに、すっかり自分の中に入り込んでしまった。

「ママぁ、眠い……」

勇規の声に、由利ははっと我に返った。お祭りやお神輿ではしゃぎすぎて疲れが出たのだろう。由利は勇規を連れて居間から出ていった。

由利と勇規がいなくなったところで、久雄が皆に相談を持ちかけた。

「皆さんに教えていただきたいことがあるんですが、聞いてください」

「なんだね、教えてほしいことって」

皆はそれぞれ好奇心に溢れる目で久雄を見ている。

「実は、実家の父から古い手紙を見せられました。父が納戸の整理をしていて見つけたらしいのです。私の実家がある川越は、小江戸と言われ、昔から大変に発展していた町です。江戸から川越までの運河が造られたり、農地の開発が幕府によってなされたりと、それは大変なものでした。けれど明治二十六年に川越に大火事が発生しました。名主だった川原家は、私財を投げ打って町の復興に尽力したのです。その時、川原家に賛同して資金を貸してくれた人がいました。その人は江戸から行商で川越に来ていた行商頭、木ノ原重兵衛という人でした。父が納戸で見つけたのは、その人からの手紙だったのです。それで父は、木ノ原重兵衛さんの子孫が今はどうされているかを知りたいというのです」

久雄は、手紙に書いてあった「金返せ」という部分は、言う必要はないと判断して黙っていたが、

「この話は、ここだけのことにしておいてください」

と皆に頼んだ。

「うーむ、私の知り合いには、木ノ原という人はいないいな」

と雄一は言って正行を見た。正行ならば、銀行員という仕事柄、きっといろいろな人を知っていると思ったのだろう。しかし正行は首を横に振るだけだった。

8　その日

三日間の天神祭が終わり、本間産業は仕事に戻った。久雄社長は朝会や見回りも終えて、社長室で雄一と一息ついていた。

家政婦の道子がお茶を持ってきがてら、久雄に来客を告げた。

「銀行の支店長さんがお見えです」

それを聞いた雄一が、久雄よりも先に言った。

「お待たせしないで、すぐにお通ししなさい」

道子は支店長と正行を案内してきた。

「失礼いたします。お寛ぎのところを申し訳ありません」

支店長は雄一と久雄に挨拶をした。道子はお茶の用意をするため、部屋から出ていった。

「いえ、こちらこそいつもお世話になっております。今日はどういった御用件でおいでくださったのですか」

「はい、いつもご利用ありがとうございます。今日はご挨拶にうかがうと共に、本間次長から皆さんに少しお話がありまして――」

正行はこの銀行の次長をやっているのだ。

「本間由利さんにも聞いていただきたいことなので、呼んでいただけますか」

正行は他人行儀にそう言った。

由利は勇規を母の佐知に頼み、社長室にやってきた。

「失礼します」

「私はこの支店の次長として、皆さんからお預かりした資金を、大切に守っていくことも仕事です。そこで本間産業の皆さんにうかがいたいのですが、これまでに、意外だと思われるような支出があったようなことはありませんか。由利さんが経理をなさっているので、心配はないとは思っておりますが」

由利は会計事務に問題でもあったのかと心配になった。

「はい、私は事務方から回ってくる伝票には心を配っています。問題はないと思いますが……」

そこに、道子がコーヒーを持ってきた。支店長は、

「ああ、今日はご挨拶でうかがっただけですので、お構いなく」

と言ったが、正行が、

「せっかくコーヒーを入れてくださったのですから」

と勧めた。

「そうですね、いただきましょう」

支店長と正行がコーヒーカップに口を付けると、雄一が支店長に聞いた。例のことが気になって仕方がないのだ。

「支店長さん、銀行に預金されてるお客さんの中には、変わった姓の方もいらっしゃるでしょうね」

雄一の質問に興味を持ったのか、支店長が尋ねた。

「例えばどんな苗字の方ですか？　私たちは口座をお持ちの方の名は言うことはできませんので、具体的にはお教えできませんが、どんな姓でしょう」

「木ノ原さんなんていう人は、おられますか？」

雄一は言ってしまった。久雄も由利も正行もハラハラしていた。

「私の知っている限りでは、いらっしゃいませんね」

コーヒーを飲み干し、支店長と正行は席を立った。

「では失礼します。ご馳走様でした」

由利が二人を玄関まで送っていった。

久雄は義父に言った。

「お父さん、木ノ原は秘密ですよ」

「すまん、気になってつい聞いてしまった」

ドアがノックされ、佐知が封筒を持って入ってきた。母はあまり社長室に来ることはない。

「勇規と一緒に公園に行ってきたの。家に入ろうとしてポストを見たら、ポストの口にこれが、引っかかるように入っていたのよ。いつも、手紙は郵便局で束ねて届けてくれるでしょう。この封筒を見てちょうだい。宛名は本間久雄となっているけど、差出人の名がないの」

久雄は義母から封筒を受け取ると、封を切った。そして一読すると、とっさに握り潰したが、義父母の手前、握り潰した手紙をもう一度ひらいて雄一に渡した。

「なんだいこれは……『金を貸してください』？　それなのに自分の名も書いてないというのは――」

佐知は自分が届けた責任を感じているかのように、

「変な手紙ですね」

と呟いた。久雄は封筒と一緒に手紙をもう一度握り潰して、くず籠に捨てた。

「川原家では脅迫のような昔の手紙が見つかり、久雄の所には匿名の手紙が届いた……。用心しないといけないな」

雄一の言葉に、久雄は少し心配になって聞いた。

「私に何か悪い部分があるのでしょうか」

「そんなことはないよ。久雄、きみはしっかり本間産業の経営をしている。誰かの気まぐれな悪戯だろう」

雄一と佐知は久雄を慰めたが、一方で三人とも考え込んでしまった。

そこへドアがノックされ、専務の荻野が入ってきた。新製品が出来上がったので見てほしいと言ってきた。

今まで心が沈んでいた雄一と久雄は、気を取り直し工場へ急いだ。工場では出来上がった製品を見て、工員たちが大喜びをしている。製品は期待どおりものが出来上がっていた。製品と工員たちの様子を見て、雄一も久雄もやる気が充実してきた。


休日明けの月曜日、朝のラジオ体操が終わって、久雄社長の訓示が始まった。

「私は皆さんもご存じのように、川越で生まれ育ちました。家の近くに祥明寺という寺院があり、その広い境内で、近所の子どもたちはいろいろな遊びをしていました。中でも、子どもたちが集まるとかくれんぼがすぐに始まりました。その鬼を決める方法ですが、普通のじゃんけんではありません。『こんぺいとう』という方法でした。今の子どもたちは知らないでしょうね。『こんぺいとうは白い、白いはうさぎ――』というように、次々と言葉を連想していく遊びです。ある日、この遊びをしているところに、おじさんが現れました。そして、『こんぺいとう』で良い答えをした子に、金平糖をくださったのです。私たち子どもは、なんて優しいおじさんだろうと、おじさんを歓迎して、いつの間にか『金平糖おじさん』と呼ぶようになりました。きっと、子どもたちと仲良くなることが、そのおじさんにとっても幸せだったのでしょう」

話のあと、久雄社長と荻野専務はいつものように工場内を点検して回った。新しい製品を生産する工場内は活気に溢れていた。その時、久雄が荻野に言った。

「専務、内密な話があるので、今夜、仕事が終わったら社長室まで来てください」

「はい、わかりました」

荻野専務は、ちょっと不安そうに承諾した。

午後七時頃、荻野が約束どおり久雄の元を訪れた。久雄は家政婦の道子に頼んで、二人分の夕食を社長室に用意させた。

「さあ専務、まだ夕食は済んでいないでしょう。ちょっと寂しいけど二人で夕食にしましょう。専務はビールですか、日本酒ですか。ああ、道子さんはビールの用意をしてくれている」

「夕食の用意まで、ありがとうございます」

荻野は、社長からどんな話があるのだろうと気にしながら席に着く。

「さあ、どうぞ」

と、久雄は荻野のコップにビールを注いだ。

「ご馳走になります」

注がれたビールを一気に飲んで、荻野が久雄に聞く。

「社長、どんなお話があるのでしょう」

久雄はコップのビールを半分ほど飲んで、こう答えた。

「ちょっと気になることがあってね。先日、銀行の支店長さんが訪ねてきたんだよ。支店長さんは、ただ挨拶に来ただけだと言っていたけれど……」

「本間産業の経理関係に、何か問題でもあるのでしょうか？」

そこでドアがノックされて、由利が入ってきた。

「遅くまでの勤務、ご苦労様です。お食事のお味はいかがですか？　道子さんが用意してくれました」

由利は荻野のコップにビールを注ぎながら言う。

「社長からもお話があったと思いますが、先日、銀行の支店長さんが訪ねてきました。

私が本間産業の経理をずっと担当していましたが、勇規が誕生してからは、忙しさに事務の清水さんにお任せすることも多くなってしまい、少しルーズになっていたのかも知れません」

「由利、ちょっと……」

久雄は由利の話をそこで打ち切らせ、自分が話を続けた。

「そこで荻野専務、専務も経理を事務に任せず、目を光らせてほしいのです。私も帳簿を調べてみようと思っています。——話は、今夜はここまでです。さあ、飲みましょう」

荻野は久雄からさらにビールを勧められ、

「飲んでしまったので、車の運転はできませんね。今日は車を社に置かせていただいて、電車で帰ることにします」

と言って、もう暫くビールと食事を楽しんだあと、会社に関する話はそれきりで、その夜は帰った。

それから数日しても久雄は、支店長が単に挨拶にだけ来たはずはないだろうと、やけに考え込んでしまっていった。しかし次長の正行は、あれ以来、特に何も言ってこない。

そしてその日、久雄は夕食後に社長室にこもり、帳簿や書類が入っている書庫から、本間産業の会計関係の帳簿を取り出して調べ始めた。銀行が来たということは、やはり本間産業の経理に問題が生じているのかも知れないと考えたからだ。

調べに没頭し始めた時、ドアが軽くノックされた。久雄は自分からドアを開けに行った。そこには……、

「あっ、金平糖おじさん⁉」

荻野がいた。久雄は慌てて口を押さえた。見慣れている荻野を見て、なぜそんなことを言ったのか、自分でもよくわからなかった。

「社長、先日のお話ですが、もし経理に問題があるとすれば、私にも責任があります。私に帳簿を調べさせてください」

荻野は強い口調でそう言った。

「専務、少し落ち着いて。経理に問題があると決まった訳ではないけれど、実は今、私も帳簿を調べていたところなんだよ」

そう言われて荻野も落ち着きを取り戻したのか、自分のカバンから缶ビールを二本取り出し、一本を久雄に勧めた。

「そうですか、すでに調べ始めていらしたんですね。じゃあ、社長、一休みされては？」

久雄は自分の机に戻り、荻野は机を挟んで久雄の向かいに座ってビールのプルトップを開けた。久雄もつられるようにしてプルトップを開け、一口飲んだ。

「今夜は道子さんが外出しているから、何も用意できないよ。とにかく今日はもう遅いから、これを飲んだら専務も早く帰った方がいいよ。帳簿の件はまた後日にしよう」

久雄はそう言いながら、帳簿を背後の書庫にしまうために席を立って後ろを向いた。荻野はこの時、カバンから何かを取り出した。そして久雄のビール缶の口から、こっそりと入れた。書庫に帳簿を戻した久雄は、机に戻りビールを飲んだ。

荻野は新製品のことや工員たちのことなど、当り障りのない話題を久雄に振り、互いにビールを飲みながら話していたが、やがて久雄がうつらうつらし始めた。

そして意識が朦朧としてきた時、荻野はその様子を見て立ち上がると、久雄の後ろにある書庫に行こうとした。と、その時、ドアの向こうで何か物音がした。荻野は書庫から帳簿を取り出すのを諦めて、素早くドアの脇にある衝立の陰に身を潜めた。

するると、ドアが静かにひらき、辺りをはばかるようにして一人の男が入ってきた。荻野は危うく声を出しそうになり、慌てて口を押さえる。荻野の知っている男だったのだ。

男が、机にうつ伏せている久雄に気を取られている隙に、荻野は社長室から静かに抜け出した。

男は物取りなのか、机の引き出しを開けて物色を始めた。その時、男の体が久雄に当たり、久雄が意識を戻しそうに身動きをした。その様子を見た男は、ポケットから注射器を取り出した。そして注射器の中に液体が入っているのを確かめると、久雄の腕に注射をした。

ちょうど注射をし終えた時、玄関の方で物音がし、男は急いで社長室から抜け出した。家政婦の道子が外出から帰ってきたところだった。

9　犯人は誰だ

久雄が亡くなって、今日は百日目の法要の日だ。工場は休日になっている。久雄の遺骨はまだ納骨されずに、本間家の居間の仏壇前に置かれている。

本間夫妻、川原夫妻、それに由利の五人が居間に集まった時、川原の父、真治が話し出した。

「木ノ原さんからの手紙のことですが、私たち親子は大変な読み違いをしていたようです。『金返せ』の部分が少し大きな文字で書かれていたので、私も久雄もそこにばかり気を取られて、勘違いしてしまったのです」

「どういう勘違いをされたんですか?」

由利が真治に聞く。

「手紙をよくよく読み返してみると、『金返せ、とは大変に無礼なことを申しました。川原様には私が出資した何倍もの返礼をせねばならないのでした』と書いてあったのです」

「木ノ原さんは、行商人として川越に来たんですよね」

「そうです。そして、時の鐘の近くに店舗を構えました」

「そのお店は今でもあるのですか？」

「いいえ、店はいつの間にかなくなってしまったようです」

真治はとても寂しそうにそう言った。

「木ノ原さんの子孫は、どうされたのでしょう？　子孫といっても、まだ四代目くらいかも知れませんが」

「そうですね、明治から昭和初期までは、いろいろと変動の時代でしたから、木ノ原の姓が残っているかどうか……。けれど、別姓になっていても、今も健在でいらっしゃると思います。もしご健在ならば連絡してほしいですね」

真治と由利の話はそこで終わった。


久雄の百日法要で関係者たちが集まると、その中にはもしかしたら、久雄を毒殺した犯人も知らぬ顔をして混ざっているかも知れないと、雄一は捜査課長に無理に頼み込んで来てもらっていた。

「お忙しいところ、ありがとうございます。きっと久雄も喜んでいると思います」

「いやいや、私たち警察も四方八方、手を尽くして、久雄社長の無念を晴らしたいと思っております」

　現在社長となっている雄一は、捜査課長と刑事を社長室へ案内した。すぐに道子がコーヒーの用意をしてもてなした。

　捜査課長と刑事が寛いでいると、久雄の姉の亜希が夫と一緒に社長室に入ってきた。

「失礼します。お話があって参りました」

と言って、亜希はまず夫を紹介した。

「私の夫、野口伸二といいます。久雄の事件と関係のある、重大なことを打ち明けに参りました」

　捜査課長は急に表情を引き締めて伸二に言った。

「そんなに重大な話なら、なぜもっと前に言ってくださらなかったのですか」

「申し訳ありません。まさか久雄さんが殺されるとは思わなかったものですから……」

「それで、どんな話ですか」

捜査課長の隣にいる刑事が手帳を出し、メモを始める。伸二は緊張しながら口をひらいた。

「はい、久雄社長の元には、二度も匿名の手紙が届いたそうですね」

「そうだよ。手紙の内容は似たり寄ったりなんだが」

と、刑事が伸二の顔を睨むように見て言った。

ここで雄一は部屋から退出した。

「私の告白というのは、そこなのです。実は……私はお金が欲しくて、久雄さんに手紙を出して無心したのです。今思うと、なんて馬鹿なことをしたんだろうと後悔しています」

刑事は捜査課長に進言した。

「課長、ここで話を聞くよりも、署へ連れていった方がいいのではないですか」

すると捜査課長は首を横に振った。

「いや、ここで一気に解決してしまおう。野口さんの話をよく聞いてくれ」

「はっ、わかりました」

刑事は野口に向き直って言う。

「もう一度聞きます。あなたは久雄さんにお金の要求をしたんですね。なぜ匿名で手紙を出したんです？　差出人がわからなければ、お金を要求する意味がないでしょう」

「そうなんですが……今思うと、やはり怖かったのか、本当に悩んでいて何というか少しおかしくなっていたのかも知れません」

「それで、要求に応じない久雄社長を毒殺したというわけですか？」

「いいえ、そんな恐ろしいことはしていません！」

「あなたは、ただ手紙を出しただけ？」

「そうです。それに、出したのは一回だけですし、誓って久雄さんを殺してはいません！」

捜査課長が呟くようにこう言った。

「では、あの手紙は誰が出したんだろう……」

暫くして、コーヒーのお代わりを持った道子と一緒に、雄一が社長室に戻ってきた。

捜査課長は刑事に言った。

「野口さんの話はよくメモをしてね。明日、野口さんには警察署に来てもらい、調書をとろう」


居間の方には大勢の来客があった。祥明寺の浩紘住職と正司、それに久雄の幼友達の誠、健、陽子、美子も、揃って百日法要に来た。浩紘は久雄の遺骨に経文を唱え、線香を供した。幼友達らも次々に久雄の遺骨に手を合わせ、線香を手向けた。家政婦の道子はフル回転で、皆にコーヒーを用意した。

浩紘が、座を改めて話し出した。

「誠さんたちは、木ノ原さんという人を知っていますか。私はその木ノ原さんという人を捜しておりまして、もし川越に住まいを構えていたならば、川越のどこかの寺院に墓地があるだろうと考えました。川原家の墓地は祥明寺にありますが、木ノ原家の墓地も祥明寺にあるのではないかと思ったのです」

そこまで話した時、捜査課長と刑事が居間に入ってきた。

「どうぞ、今の話の続きを聞かせてください」

「あっ、捜査課長さん、刑事さん。お忙しいところありがとうございます。――私は墓地の中を順繰りに巡ってみました。墓石を見て回ったわけです。けれど木ノ原家の墓石は見当たりませんでした。ただ、墓じまいというのでしょうか、無縁になった墓の墓石が集められている所に、文字がかすれてやっと『木ノ原家』と読める墓石があったのです。前の住職にうかがいましたところ、木ノ原さんは墓じまいをすると同時に、姓も変えられて転居をされたそうです」

刑事が尋ねる。

「どこへ転居されたのでしょうね」

「明治の頃は、時の鐘の辺りで茶店を出していたようですが、曾祖父の時代になってわからなくなったようです」

浩絃と刑事の話を聞いていた陽子が口を挟んだ。

「木ノ原さんは、なんという姓になったのでしょうね」

その時、誠、健、洋子、美子に、思ってもいなかったことが起きた。

専務の荻野が居間に入ってきたのだ。四人は荻野の顔を見て、暫く呆然としていたが、荻野を指さして、

「金平糖おじさん！」

と、四人同時に声を上げた。そして声に出したあと、慌てて口を押さえた。浩紘も捜査課長も刑事もびっくりしてしまった。

「私たちが子どもの頃、祥明寺の境内で金平糖をくださったおじさんです。間違いありません」

「金平糖おじさん……あの匿名の手紙を送った！」

正司は急いで荻野に詰め寄る。

「あの手紙、あなたが久雄に送ったんですね！」

荻野は初めびっくりしたようだったが、すぐに素知らぬ顔に戻り、久雄の遺骨に手を合わせた。そして何事もなかったかのように、

「皆さん、今日は久雄前社長の百日忌にご参加くださり、ありがとうございます」

と、居間にいた人たちに礼を述べて、部屋から出ていこうとした。

さすがに捜査課長が声をかける。

「荻野さん、少し待ってください」

刑事が素早くドアの前に立ち、荻野が出ていこうとするのを阻止した。

「荻野さん、お茶でも飲んでゆっくりしてはどうですか」

と、佐知がお茶の用意をしたので、荻野はしぶしぶと腰を下ろした。

「荻野さん、詳しいお話をうかがいたいので、これから警察に行きましょう。——こちら倉田班、事情聴取のため、車を回してください」

捜査課長が無線で連絡をした。捜査本部もここまでくると、久雄社長の殺人犯を見つけなくては、と気炎が上がる。

ここで正司は、幼友達四人を誘った。

「私たちはこれで失礼しよう。金平糖おじさんもわかったことだし……。このあと、私の店に寄ってください」

由利は正司たちに礼を述べ、玄関まで送っていった。

刑事は荻野に聞いた。

「荻野さん、あなたは久雄社長に匿名の手紙を出しただけですか。もっと大変なことをしたのではありませんか」

久雄の幼友達五人を見送った由利が、部屋に戻ってきた。そして荻野に言った。

「荻野さん、久雄さんは、銀行の支店長と次長の正行の訪問があったあと、なんとなく考え込んでいることが多くなったように見えました。そしてあの日は、夕食のあとに社長室にこもって調べものをしていたのではないかと、私は思います」

雄一が由利に尋ねる。

「何を調べていたんだろうね」

「……私は勇規が誕生してからは、子育ての忙しさから、経理の仕事を、専務の下で事務をやっている清水さんに半分任せてしまっていました。久雄さんが亡くなったのには、私にも責任があるんです。私はドイツの世界産業展から帰ってすぐ、税理士の資格を取りました」

今度は捜査課長が由利に聞く。

「それがどうかしたのですか？」

「私が経理関係をちゃんと見ていたら、今度の事件は起きなかったんです……」

「それはどういうことなのですか？」

「経理が杜撰《ずさん》になったその隙間を狙って、経理の誤魔化しが始まったんです」

「ということは？」

「帳簿の改ざんが始まったのです」

「誰が改ざんをしたんですか？」

「それは――」

捜査課長が目で合図すると、刑事は部屋から出て捜査本部に連絡をした。

捜査課長が話を続ける。

「実はですね、それからあとのことは、私たちもすでに調べてあるんですよ。久雄社長を毒殺した犯人は、雄一さんにも久雄さんにも信頼されていた人物です」

「私は……その人が久雄さんを毒殺したとは思いたくありませんが……」

と、由利は肩を落とした。

刑事の連絡で、すぐに捜査員たちが本間産業に集結した。

浩紘が荻野に言った。

「人間の欲望は、物が豊かになっても決して充足されません。もっと欲しい、もっと欲しいと、際限なく望むのです。欲望を追いかけていき、一つ望みが叶うと、すぐに次の欲が生まれる。これが『有為の奥山』なのです」

ここで捜査員が荻野に、捜査した結果を説明した。しかし荻野はまだ自分の罪を認めようとはしない。

「久雄社長が何か悩んでいて、社長室にこもって調べものを始めたのを、荻野さんはなんとなく気がついたのでしょう。専務の自分に相談しないで調べものをするということは、自分のことを調べているのではないかと」

今日は百日法要で、久雄の遺骨に手を合わせに訪れる人もまだいるので、捜査課長は荻野に、捜査本部に任意出頭を求めた。荻野は渋々ながら承諾をした。

取調室に入り、荻野が捜査員の前に座る。

「荻野さん、あなたは久雄社長が亡くなった日、夜の九時頃に社長室に行きましたか？

あなたはその夜、家政婦の道子さんが留守であることを知っていましたね。事務員の清水さんから聞いていたのでしょう」

「私は確かにあの夜、社長室を訪れました。でも、八時頃には用事が済んで、車で大宮方面に向かっていました」

「そうですか？　でも十時頃、本間家の正面玄関の前あたりで、車に乗ったあなたを見たという人がいますよ」

「そんなことはありえません」

「ところで、あなたはどうしてあの日の夜、社長室を訪れたのですか？　その時、久雄社長は何をなさっていましたか？」

「はい、帳簿を調べていたようです」

「あなたの不正の帳簿ですか？」

「不正の帳簿なんて――。刑事さんは私が犯人だと決めつけていませんか？　私は久雄社長と、私が買っていったビールで乾杯して、少し話をして別れただけですよ」

「そのビールの瓶か空き缶は、どうしたんですか？」

「さあ、きっと久雄社長が片付けてくれたんじゃないですか？」

その様子を隣の部屋から見ていた捜査課長が、

「毒殺のあった晩、家政婦さんは台所の物を片付けてから出かけている。そんな物は残っていなかった」

と、一緒に見ていた係官に言った。

捜査官が荻野に聞く。

「捜査官や鑑識の者が社長室を見た時には、机の上がきれいに片付いていて、何もなかった。指紋すらも見つからなかった。机で仕事をしていたら、たくさん指紋が残っているはずだ。どうして指紋がないのかな、不思議だな？」

「久雄社長が仕事を終えてから、机の上を拭いたんじゃないですか？」

「自殺をする人は、身の回りを綺麗にするというが、そんな馬鹿なことがあるか！」

と捜査官は声を荒げた。捜査課長は我慢できなくなり、取調室に入っていった。

「荻野さん、私からもお聞きします。久雄社長は、あなたが『金平糖おじさん』だということを知っていたんじゃないですかね？　でも、なぜ黙っていたんでしょうね。

あなたはそれをいいことに、久雄社長にずっと普通に接してきた。そしてあの夜、あなたが社長室に行ったら、社長は帳簿を検閲していた。あなたは自分の不正が露見したかとびっくりしたんでしょう」

「課長さん、あなたは何を言っているんですか?」

「そして、あなたは缶ビールを出して、久雄社長に勧めた。社長は帳簿を汚さないようにと気を使ってか、あなたが勧めたビールを一口飲んでから、後ろにある書庫に帳簿を収めに立った。あなたはその隙を狙って、睡眠薬をビールに入れた。そうですね」

「そんな、滅相もないことを……。私はやっておりません」

「ところが、久雄社長の調べていた帳簿には、ビールの染みが付いていたんですよ」

荻野は捜査課長の話に頭を垂れてしまった。

「荻野さん、あなたのご家族は?」

捜査課長から思いがけず家族のことを聞かれ、荻野の頑なな心が少し緩んだ。

「今は、私と妻の二人暮らしです。息子はもう成人していて、別なところで家族を持っています。息子はコンビニをやっていますが、経営には四苦八苦をしております」

「そこであなたは、資金を援助しようと思ったのですね」

「いえ、今の私では資金の援助などできません」

「それで、本間産業から内密に資金を引き出したのですか？　ここに清水事務員の調書がありますす」

「……いつ、久雄社長から、使い込みの事実を言われるかと、毎日毎日が怖かった」

「事務員を使って横領した額は、どれくらいになりますかね。それはみんな息子さんの所へ行ったのかな」

「……申し訳ありません。自分の欲を満たすために、大切な人の命を奪ってしまいました。本間家にも川原家にも、本当に申し訳ありません。由利さんや勇規ちゃんにも、なんとお詫びをしたらいいか……」

荻野は机に伏して、声を上げて泣き出した。

「荻野さん、あなたが久雄社長に飲ませた睡眠薬は、病院で処方されたものでしょう。病院に問い合わせたところ、荻野さんに処方した睡眠薬は、軽い一時的なもので、すぐ目覚めるようです。その間にあなたは、社長の腕に砒素系の薬を注射をしたんですね」

荻野は「砒素系の薬を注射」と言われた時、なんのことだろうと不思議そうな顔をした。

同じ頃、本間産業周辺の警備をしていた捜査員が、本間産業裏手の公園から、不審な男を任意同行してきた。男は渋々取調室に入り、捜査員の前に座った。

「あなたの名前と住まいは？」

「木村幸久といいます。住まいは川口です」

「職業は」

「本間産業で、製品の運び出しをしています」

「それがなぜ、公園の林の中から出てきたのですか。それに絹織物を持っていましたね」

木村はどう答えようかと下を向いてしまった。

「木村さん、北浦和駅前にある『美装堂』という店を知っていますか？」

「はい、知ってます。製品をお届けしたことがあります」

「その美装堂の主人が、『盗品ではないかと思われる製品を届けられたことがある』

と言ってきていますが、お心あたりは？」

「そんなこと――」

「さっき、公園の林から出てきた時にあなたが持っていたのは、そういう品ではないんですか？」

「…………」

「どうなんだね、黙っていてはわからんよ」

「会社の物など、持ち出してなんかいません」

「本当かね？」

その時、ドアがノックされて、捜査員が荻野を連れて入ってきた。

「木村さん、この人は誰かご存じですかね」

木村は荻野を見てびっくりした。また、荻野もまさかこんな所で木村に会うとは思っていなかった。二人は同時に「あっ」と声を上げた。荻野は木村に詰め寄る。

「木村、お前は会社の製品を勝手に持ち出したのか！」

怒鳴り声で言った。木村は何も言えず下を向く。

木村はその後、捜査員の質問に何も答えなくなった。

捜査本部では、家政婦の道子や荻野の証言を基に、時系列表を作成した。

18：40　家政婦道子、私用で外出
19：00　久雄社長、社長室に入る（家族の証言）
　　　　久雄社長、帳簿の点検
21：00　荻野専務、社長室を訪れる
　　　　荻野、睡眠剤をビール缶に投入する
　　　　久雄社長、帳簿を書棚に戻す
　　　　久雄社長、うとうとし始める
21：30　木村、社長室に入る
　　　　荻野、立ち去る
　　　　久雄社長、意識を戻す（仮定）

21:50　木村、砒素系の毒物を久雄社長の腕に注射する
　道子が走り去る黒塗りの乗用車を見る
22:00　久雄社長の死を、道子が発見する

一人の捜査員が、捜査課長に進言した。

「時系列表を見ますと、毒物の注射は木村の犯行に間違いないようですね」

「木村は何と言っている？」

「今のところ、毒物の注射は否認しています」

「この時系列を基に、もう少し木村を攻めてみてはどうかね」

「そうですね。犯罪が成立した訳ではないので、幾日も拘留する訳にはいきませんからね」

昨日に続き、荻野と木村の聴取が始められた。

「荻野さん、以前、本間産業の薬品の保管はどうなっていますかとお聞きしましたね」

「はい、私が薬品の保管ケースの鍵を持っています、と答えました」

「鍵はいつも持ち歩いているんですか?」

「はい。反物の殺虫のための薬品を出したあと、鍵を閉め忘れたことも何回かありますが……」

「おそらくその時に、薬品ケースから砒素系の薬品を持ち出した者がいる。それから指紋のことですが、あなたの指紋は鑑識ですでに採取していますが、書庫のガラス戸に久雄社長や由利さんの指紋の他に、あなたの指紋も多く見つかったと、鑑識から報告されています。その中にかなり新しい指紋で、誰のものかわからない指紋があった——。初めて社長室に入った者が、大切な帳簿や書類がしまってある書庫など触るわけがないですよね」

横にいたもう一人の捜査官が言う。

「事件の関係者は皆、指紋を採取しました」

「ああ、採取した。関係者で指紋の採取をしていないのは——」

荻野にも毒殺犯が誰なのか、だんだんとわかってきた。だが、荻野としてはその男を犯人にしたくなかった。

——どのように話をすべきか……。

荻野は思案した。

「荻野さん、今度の事件で、私たち捜査班は、あなたを横領罪で逮捕します」

「……はい」

捜査員からそう言われて、荻野はふと我に返った。息子を思って帳簿を操作してしまったことは横領であり、大変な犯罪だったのだ。

——本間産業に、少しずつでも返済をしていかなければ。雄一社長や奥様、それに由利さんに申し訳ない。少しずつでも返していこう。

荻野はそう決意した。

——それにしても木村はなぜ、久雄社長に砒素系の薬を注射などしたのだろう。なぜ、久雄を殺したかったのだろう。

隣の取調室では、木村が聴取されていた。

「木村さん、あなたは久雄社長が毒殺された夜、九時半頃、どこにいましたか?」

「家にいました。でも、家族の証言は、あまり効力がないんでしたっけ」

「家で何をしていたのですか？」

「たぶん、テレビを見ていたと思います」

「それは、どんな番組でしたか？」

「どんな番組だったか……思い出せません」

「木村さんの家族についてうかがいます。家族は何人ですか？」

「妻と子ども一人です」

ここまで優しく聞いていた捜査員が、突然、態度が変わり強面になった。

「木村、お前は夜九時半頃は家にいたと言うが、九時半頃にお前を見た人がいるんだよ。本当のことを言え！」

「本当に家にいましたよ」

「嘘を言うな！　荻野専務が、ある場所でお前を見ているんだよ」

「どこでですか？」

「そこまで言わせるのか？　荻野専務を連れてこようか」

「荻野専務は、なんと言っているんですか」

「お前ね、荻野専務が何をしたのか知ってるか？　本間産業の金を使い込んでたことを自白したよ」

「えっ、専務、横領罪で捕まったんですか！」

「社長に疑われていると思った荻野は、あの夜、帳簿を操作しようとして社長室へ行った。そして社長から『金平糖おじさん』と呼ばれ、帳簿操作もバレたんだと思ったわけだよ」

そこでドアがノックされて、捜査課長が入ってきた。

「木村、もう全部わかっていることだよ」

木村は観念したのか、うなだれて言った。

「そうですか、そうですよね……。今まで私を支えてくれた荻野専務も、もう終わりですね。……久雄社長を殺してしまったのは、私です」

「お前と荻野専務は、専務と社員という関係だけではないようだな」

木村はここで初めて涙を見せた。

「荻野専務は、私にとっても『金平糖おじさん』なんです」

「川越の祥明寺の境内で子どもたちの所に現れたという金平糖おじさんか？　しかしお前は川越出身ではないだろう？」

「そうですが、私にとっては金平糖おじさんなんです」

「どういうことだね」

「私が仕事もなく困っていた時に、荻野専務が現れて、私が失業中だということを知ると、本間産業の製品運びなどをする雑用係として就職させてくれました。専務は自分が昔、子どもたちから『金平糖おじさん』と呼ばれていたことを話してくれました。それを聞いて、専務は私にとっても金平糖おじさんだと思ったのです」

「なるほど、お前の恩人、金平糖おじさんというわけか」

「そうです。ですから私も、荻野専務のためならなんでもやろうと思って……」

「そうか、お前と荻野の関係はわかった。しかし、それがどうして久雄社長の殺人に発展したんだね」

捜査課長も、そこがよくわからない。

「荻野専務が、社長室からなんとか帳簿を持ち出そうとしていて、でもなかなかチャンスを見つけられないのを端から見ていて、歯がゆかったんです」

「それで、社長室に忍び込んで、社長を殺して帳簿を奪おうと思ったのか？　しかし、帳簿はすべて揃っていて、なくなっているものはなかったが」

「いえ、あの……でも、私が久雄社長を殺しました。申し訳ありません！」

木村は机に伏し、声を上げて泣き出した。

「注射をした薬品は、どこから持ってきたんだ」

「本間産業の倉庫にありました」

「倉庫の中だって？　荻野が管理している薬品ケースではなく、倉庫なのか？」

「はい。出来上がった製品を害虫から守るための、何倍にも薄められた薬品の液が、倉庫の隅に置いてあります」

「鑑識、ちょっと来てくれ」

捜査課長が取調室に入ってきた鑑識の職員に耳打ちすると、所員はすぐに部屋から出ていった。

鑑識官はすぐに本間産業に行き、製品倉庫を調べた。すると倉庫の隅に、木村が言っていたように、容器に入った液体があった。容器の蓋には小さな穴が開いていて、そこから殺虫効果のある気体が出る仕組みになっているようだ。鑑識官はその容器を持ち帰って検査した。

検査結果はすぐに捜査課長や捜査員に伝えられた。

「木村、この薬品がなんだか知ってたのか?」

「いいえ、知りません。ただ、害虫駆除に使っている薬だから、注射すれば睡眠薬代わりぐらいにはなるだろうと思って、用意していったのです」

「睡眠薬代わり!? おい、殺すつもりじゃなかったのか?」

「それを注射して、久雄社長を眠らせて、帳簿を持ち出そうと思っていたんですが……社長の息が止まってしまったのを見て、びっくりしてしまって、帳簿は持ち出せずに逃げてしまったんです……」

「それで、注射器はどうした」

「すぐに捨てました」

「どこに捨てた」

「どこだったか、よく覚えていません……」

捜査課長は少しイライラしてきた。

「お前、馬鹿か！　睡眠薬代わりって……そのために久雄社長は死んでしまったんだぞ！」

「……本当に、申し訳なく思っております」

うつむきながら涙を止めどなく流す木村は、本当に反省しているように見えた。

「泣いたって元には戻らないんだよ。木村を過失致死罪で逮捕する」


木村は悪意のある殺人ではなく、無知による過失殺人として起訴された。

荻野の横領を警察から知らされた雄一は、それでもどうしても荻野に悪い感情は持てなかった。雄一は弁護士の源田に、荻野の事件を示談にしてほしいと相談をした。

また、荻野の息子昭二も、父の横領の原因は自分にあったのだと知り、父の罪は罪として、今まで父に支えられてきたことを感謝し、父が横領したお金は、本間産業へ少しずつでも返していきたいと考えた。

10　本間産業、頑張れ

荻野の息子昭二は源田弁護士を訪ね、自分の考えていることを率直に述べて、相談に乗ってほしいと依頼した。源田弁護士はすぐに雄一社長と連絡を取り、昭二の思いを伝えた。

雄一は荻野を犯罪者にしたくないと考えていたので、すぐに和解の話し合いがしたいと、源田弁護士を通して昭二に伝えた。

荻野の息子の昭二は、コンビニエンスストアーの経営をしているが、思うようにいかず資金繰りに悩んでいた。その様子を見ていた父である荻野は、悪いこととは知りながら、本間産業の金を横領してしまったのだ。

由利は勇規と一緒に、久雄の遺骨がある仏壇の前に座った。

「勇規、ここにお父さんがいるのよ。本当はお空に行きたかったのだけど、どうしても行けない理由があって、このお家で待っていたの。でも、もうお空の国へ行けることになったの」

「お空の国って、雲の上の方?」

「そうよ。そして勇規やお母さん、おじいちゃんおばあちゃん、みんなをお空の上から見ていてくれるの」

「じゃあ、これはどうするの?」

「これはね、お寺に持っていって、和尚さんにお預けするのよ」

「これからはお寺に行けば、お父さんに会えるの?」

由利は勇規に、父親の死ということをどう説明していいのか迷った。本当は久雄を思うと泣きたかったのだが、勇規の前では泣くわけにもいかず、感情を抜いて説明的に話をし、久雄との思い出を楽しく語るだけにした。

由利と勇規の様子を陰で見ていた雄一と佐知は、思わず涙ぐんでしまった。

「勇規は四月から幼稚園に行くでしょう。お母さんも、おじいちゃんのお仕事を手伝おうと思うの」


雄一は、久雄が本間産業をどう発展させようとしていたのかを、真剣に考えた。そして、その日の夕食後、雄一は銀行員の正行と大学生の高良を社長室に呼んだ。佐知も同席している。

「正行、お前は銀行の勤めを辞める気はないのか?」

雄一がまず正行に聞く。

「久雄兄さんが健在の頃は、兄さんに任せたと思っていましたが……両天秤はいけないことだけど、暫く父さんの下で、工場を知るために頑張ってみたいです」

「高良はどうする?」

「僕も、学校が休みの日には工場に入って、本間産業の仕組みがわかるようになりたい」

「そうか。二人とも、本間産業を守ってくれるのだな」

雄一は佐知と目でうなずき合った。織物産業が衰退している今日だが、家族が一致団結で頑張っていけば、本間産業がなくなってしまうことはないはずだ。

「由利姉さんも、勇規が幼稚園に入園することで時間ができるから、経理と同時に、副社長として父さんを支えてくれるよ」

兄弟三人が力を合わせ、本間産業を盛り立てていこうと結束した。

そんなある日、暫くぶりに久雄の父、川原真治が雄一を訪れた。

「久雄のことについてはいろいろとご配慮をいただき、ありがとうございました。久雄もこれでやっと成仏できたと思います。この件については、お互いに大変でした」

真治と雄一は、息子久雄が静かに空に昇っていったことを感じていた。

「ところで、本間社長、今日はお願いがあって参りました」

「川原さん、なんですか改まって」

「うちの野口を、本間産業で働かせていただきたいのです」

真治は深く頭を下げた。

「野口さんというのは、川原さんのところのご長女の亜希さんのご主人で、何か商売をしているのではなかったのかな?」

「そうなのですが、商売の方が思うようにいかなくて、閉店せざるをえなくなったのです。それに、それなりの年ですので、どんな仕事でも、という訳にもいかないようです。妻子もあることなので……」

「そうですね、妻や子どもは大切にしないとね。本間産業もいろいろとあって、従業員たちがざわざわしていますよ。私たちも気を引き締めて、製品の生産に携わっていかねばと思っております。まあ、野口さんも、ともかく来てみなさい」

真治は雄一の温情に、再び深々と頭を下げた。

久雄の事件以来、確かに工場の中は浮わついている。雄一は社長として、元のような活気ある作業場に戻したいと考え、久雄が取り組んでいた就業前のラジオ体操や、社長の訓示を復活させた。本間産業の大門が広く開けられ、従業員たちが元気にラジオ体操をする姿が、通勤で門の前を通る人や、公園に散歩に来る人たちの目にふれ、本間産業の復興の力を見せた。

そんな折、本間政治がいつもの我が物顔で工場に現れた。由利や家政婦の道子はあまり歓迎をしなかったが、久雄の納骨の時に顔を見せなかったので、雄一は政治が久雄の墓参の帰りにでも顔を見せてくれたのだろうと、少し心を和ませた。

道子に社長室に案内された政治は、雄一の顔を見ると明るく言った。

「兄貴、やっと落ち着いたね。また以前のように本間産業を盛り上げてくれよ」

「そうだな。正行も高良も、そこのところはよくわきまえて、私に協力してくれているよ」

「それはよかった。俺の入る隙はないということだ。俺は外から本間産業を見守っていることにするよ」

「そうだよな、よろしくお願いするよ」

雄一と政治は笑顔で見つめ合う。お茶の用意をしてきた由利も、ほっとして二人を見た。

「由利ちゃん、勇規はもう幼稚園かな。それから、前に織物の博物館をどうのこうのと言ってたけど、どうなった?」

「ええ、久雄さんのことでなかなか進まなかったのですが、どうにか目鼻がつきました。本間産業が本間工場と言っていた頃の昔の製品から、本間産業と名を改正してからの新しい製品までを展示して、ファッションを先取りしたいな、と考えています」

「絹織物から現代の科学繊維の織物まで、街の女の子を引き付ける——いいね」

そう言う政治に、雄一は嫌味を言った。

「政治、博物館の資金でも出してくれるつもりか?」

「いやあ、俺にはそんな金はないよ。ただ、前にそんな話を聞いたものだから、どうなったのかなと思ってね」

その答えに、雄一は内心ではホッとした。

「じゃあ、俺はこれで帰るよ。久雄の事件が解決して、その後の本間産業がどうなったかと、今日は様子を見に来ただけだから」

政治は、由利と道子に門まで送られて帰っていった。

「政治はまっすぐ帰ったか? 工場の中には入らなかったかな」

「ええ、まっすぐに駅に向かいました。ね、道子さん」

由利は道子に同意を求めた。

「ええ、駅の方へ向かわれました」

道子が茶器を盆にのせて社長室を出ていくと、そのあとすぐにドアがノックされ、雄一は「どうぞ」と答えた。入ってきたのは、荻野の後を継いで新しく専務になった田口義之で、以前の荻野と同様、専務と工場長を兼務することになっている。田口は雄一社長の前に来て一礼をする。

「少しよろしいですか？」

「なんだね？　工場内で何かトラブルでも起きたかね」

「いいえ、生産はいたって順調に進んでいます」

「では、どうしたかね」

「はい。先ほど市の商工課の方が見えまして、本間産業の工場での仕事の様子を見せてほしいと言ってきました。工場見学ですね。社長の許しが出れば、改めて市の方から社長へ連絡を取り、工場見学の許可を取ると言っていました。ドイツでの世界産業展に出品した、本間産業の強みですね」

「工場の見学はかまわないけれど、誰が見学をするのかね」

「はい、今回は北浦和に住んでいる街の人たちを中心に希望者を募るようです」

「工場見学をすることで、何かいいことがあるのかね」

「社長、ただ織機を見に来るのではありませんよ。今、どんな織布があり、どんなファッションが生まれるのかということに、関心があるんですよ」

「そうだな。久雄もたぶんそんなことを考えていたのだろう……残念で仕方がない」

「社長、私も頑張らせていただきます」

「ありがとう」

雄一は田口にご苦労さんと声をかけ、社長室から出ていくのを見送った。由利は父を見ないように、窓から外を見ていた。

「由利、今の話を聞いていたろう。ドイツでの世界産業展は楽しかったな。久雄も元気でドイツをいろいろと案内してくれた」

「ええ、楽しかったわ。ノイシュヴァンシュタイン城は本当におとぎの世界に思えた。それも、久雄さんが一緒だったからかしらね」

親子は暫くドイツでの旅を思い出していた。

「さあ、これからの予定もだんだんに決まってきた。私も腰をすえて、頑張っていかなくてはな」

「お父さん、私ね、三日ほど前に北浦和の駅前に用事があって、せっかくだからと正司さんの美装堂に寄ってみたの」

「店にはどんな物が並んでいた？」

「もうすぐお花見の季節でしょう。そのお花見に『振袖を着ましょう』なんていう宣伝のポスターが貼ってあったわ。私も工場見学に来る人たちに、『わたしの博物館』を見ていただきたいから、少し整理をしなくちゃ。——あっ、お父さん、祥明寺の和尚さんから電話があって、おもしろいことをおっしゃっていましたよ。正司さんが和尚さんに、『ここの境内の桜もきれいだけれど、私は秋が待ち遠しい』って言っていたらしいわ。なんだか夢みたいな話をしたそうですよ」

「正司さんは、久雄くんの友達だよな」

「そう。久雄さんは秋になると赤とんぼになって、祥明寺の空に飛んできて、正司さんを空に連れていってくれると約束したらしいわ。その時は、きっと由利さんも一緒に空を舞います、って。そんな話をしたそうですよ」

由利は、その時は勇規も一緒にみんなで空を舞ったらどんなに楽しいだろうと、この夢のような話を大切に心に秘めておこうと思った。

きっと久雄は、『由利、勇規をよろしく。一人にしてしまってごめんね』と言うだろう。

雄一は、家族や周囲の協力により、本間産業がこれからさらに新しい産業として発展していくことを願っている。志なかばで亡くなった久雄も、天国から応援しているだろう。

著者プロフィール

竹川 新樹（たけかわ あらき）

栃木県生まれ。

東京都での教職を定年退職。

現在は、音楽会へ行ったり、絵を描いたり、海外旅行に出かけたり、趣味を楽しんでいる。

既刊書に『銀閣寺の女』（2003年『愛する人へ3』に収録）『その花は、その花のように』（2013年　文芸社）『家族の詩《うた》』（2014年　文芸社）『夢に導かれ』（2015年　文芸社）『ランドセルの秘密』（2016年　文芸社）『わたしのドン・キホーテ』（2017年　文芸社）『百の幸せを追いかけて』（2018年　文芸社）『鎮守様の森で』（2018年　文芸社）がある。

悪意なき殺人

2019年10月15日　初版第1刷発行

著　者　竹川 新樹
発行者　瓜谷 綱延
発行所　株式会社文芸社
〒160-0022　東京都新宿区新宿1－10－1
電話　03-5369-3060（代表）
03-5369-2299（販売）

印刷所　株式会社エーヴィスシステムズ

ISBN978-4-286-20588-5